COLLECTION
FOLIO CLASSIQUE

# Vivant Denon

# Point de lendemain

*suivi de*

## Jean-François de Bastide

# La Petite Maison

*Édition de Michel Delon*

Gallimard

# PRÉFACE

« *J'aimais éperdument la comtesse de...* » *Ce pourrait être l'histoire d'un grand amour.* « *J'avais vingt ans, et j'étais ingénu* » : *il suffit de quelques mots pour que la passion ne soit plus qu'ingénuité et illusion de jeunesse, comme s'il fallait avoir vingt ans pour se perdre d'amour. L'ouverture de* Point de lendemain *s'est imposée comme un chef-d'œuvre de style et d'ironie. Les phrases sont brèves, limitées à l'essentiel. Aucun terme de liaison ne vient alourdir l'analyse. Comme les sentiments, les conjonctions de coordination semblent des ornements dont les libertins savent se passer. L'amour se réduit à un désir et la décence à un code mondain. La langue, épurée, parfaite par le pessimisme des moralistes classiques, a la précision d'un scalpel.* « *J'avais vingt ans* » : *la proposition est répétée trois fois dans les premières lignes. Elle explique l'amour de l'un, justifie le pardon de l'autre et rend compte d'un bonheur qui*

*n'est peut-être que la bonne santé de la jeunesse. À
l'image de ces premières lignes, tout le conte joue
de sa rapidité et de ses effets d'écho.*

Une réédition du texte s'intitule Les Trois
Infidélités. *L'un des principes du libertinage
réside en effet dans la surenchère, il s'agit moins
de séduire que de multiplier les difficultés pour
mieux les surmonter. Dom Juan s'amuse à séduire
deux jeunes femmes en même temps, deux paysannes
fascinées par sa prestance et son éloquence. Valmont raconte comment un roué a parié de séduire
trois inséparables, de les réunir dans sa petite
maison pour les livrer à leur amant respectif, et
comment il a gagné son pari.* Point de lendemain *pourrait s'apparenter à ces gageures libertines. Une femme qui connaît le monde et les
hommes a décidé d'en tromper trois, à la barbe l'un
de l'autre : son mari, son amant en titre et un
jeune innocent qui lui sert d'amant d'un soir. Une
mise en scène est nécessaire au projet. Tout commence à l'Opéra, haut lieu de la sociabilité aristocratique au XVIII$^e$ siècle, de l'illusion et du plaisir.
Il fallait avoir vingt ans et être ingénu pour arriver
au théâtre avant le lever du rideau, comme si
c'était pour l'œuvre musicale qu'on venait. Mme de
T... également se trouve déjà dans sa loge, mais ce
n'est sans doute pas par ingénuité, en tout cas elle
n'a plus vingt ans. Pour séduire le jeune narrateur*

et surtout lui faire jouer le rôle qu'elle attend de lui, il lui faut déployer tout son savoir-faire.

L'ouverture à l'Opéra fournit au conte son goût du décor et du faux-semblant, son rythme aussi. Il y a tout à parier que l'œuvre représentée sur scène est une histoire d'amour. Il suffit d'en retenir un air de passion. On s'enfuit dès la fin du premier acte, avant que survienne la maîtresse du jeune ingénu. Le chemin jusqu'au château est parcouru sans perdre de temps. « Nous relayâmes, et repartîmes comme l'éclair. » L'éclair n'a rien du coup de foudre, et tout de la machine d'opéra. Un jeune homme, seul avec une femme dans une voiture, ne peut s'empêcher de penser à l'amour. Tout est fait pour qu'il y songe. Tout au long du trajet, l'organisatrice de l'escapade sollicite et s'esquive, suggère et se refuse. L'arrivée au château, le souper avec le mari suffiraient à faire passer au jeune homme toute idée d'amour. La promenade nocturne, au clair de lune, ranime le désir. Le ciel, aperçu par la portière de la voiture, était « pur » ; au-dessus du jardin, il est superbe. Le paysage forme la toile de fond, on parle d'amour, il manque encore des accessoires. Une nouvelle esquive assure à la marquise, avant de se rendre, une totale maîtrise de la situation. « Elle me força de reprendre le chemin du château. » La satisfaction sensuelle s'éloigne pour mieux s'imposer. Deux lieux, savamment préparés, se transforment en pièges et achèvent *de métamorphoser la virilité toujours un peu fruste d'un jeune homme en alchimie du plaisir.*

*Le premier est un pavillon au bout d'une terrasse. Il est explicitement dévolu à l'amour et a été le « témoin des plus doux moments ». Ultime et faux obstacle : la clef manque. Il suffit de pousser la porte, tout est prêt pour l'amour. Les « plus doux moments » peuvent se renouveler. Quelle savante mise en scène pour parvenir à ces étreintes ! Elles ne semblent pourtant pas suffire à la marquise, bien décidée à entraîner son partenaire dans le labyrinthe des complications où s'aventurent ceux qui sont moins jeunes. Un scénario similaire se déroule : on annonce le second lieu, « plus charmant encore » que le pavillon du jardin, on le refuse, on y conduit enfin. Le pavillon était en plein air, l'amour y gardait un air de naïveté. Le cabinet mystérieux est situé dans les profondeurs du château, on y accède par des portes dérobées, par un dédale de corridors, il apparaît comme une cage de glaces où tout se révèle factice, jusqu'au tapis* pluché *qui imite le gazon et à la grotte où tombent les amants. Les plaisirs sollicités de force imitent les amours spontanées. Un tel luxe témoigne des « ressources artificielles » qui étaient nécessaires pour redonner quelque vigueur au vieux mari. Le jeune homme se trouve entraîné malgré lui, au-delà du simple désir, dans cette même quête de l'artifice. Les sentiments ne sont que prétextes ou faux-semblants et bientôt « tout s'évanouit avec la même rapidité que le réveil détruit un songe ». Le pavillon de la terrasse et la grotte aux amours ont fourni des décors pour deux actes d'opéra où la jouissance n'était pas tant sexuelle qu'esthétique. La séduction nécessitait luxe et technicité.*

Point de lendemain *se situe à la croisée d'un style de vie et d'une réflexion. Le* XVIIIe *siècle s'est enchanté du luxe, des progrès matériels qui permettaient de raffiner le mode de vie des élites, et s'est interrogé sur le développement de l'individu à partir de son expérience. C'est l'époque où les disciples de Locke et de Condillac suivent la transformation des sensations en idées, où Helvétius fait dépendre tout entiers les individus de leur éducation, où les théories du climat fondent une typologie des nations. Ce que les philosophes proposent au niveau d'une vie ou d'un pays, la fiction libertine le donne à voir dans l'instant d'un désir, au coin d'un boudoir.* Point de lendemain *raconte comment le narrateur s'est laissé prendre aux illusions d'une mise en scène. « Nous sommes tellement* machines », *plaide-t-il pour sa défense. Machines vivantes parmi d'autres mécaniques. Les romanciers du temps se sont plu à montrer comment les consciences reflètent les situations. Comment les corps et les esprits sont modelés par les lieux, les atmosphères, les décors. Le prince Angola, dans le roman de La Morlière, est d'une désespérante ingé-*

nuité ; *les femmes pour le séduire l'attirent dans des lieux suggestifs, l'une « dans un cabinet reculé au fond de l'appartement », « voluptueusement meublé, couvert de glaces et de panneaux lascifs », l'autre le fait passer par « une enfilade de petites pièces charmantes qui semblaient avoir été imaginées pour donner une idée naturelle de toutes les différentes gradations de la volupté, par les différentes sortes de plaisirs auxquels elles étaient propres ». Le lecteur suit ainsi les personnages dans la salle à manger, le cabinet de musique, enfin le boudoir et le romancier décrit complaisamment l'ameublement qui, « inventé par la mollesse portait un caractère de volupté difficile à rendre ». Une expression revient pour dire l'imprégnation : tout, dans l'une et l'autre pièce, respirait l'amour.*

Angola *de* La Morlière *paraît en 1746. Quinze ans plus tard, dans* L'Heureux Divorce, *un des* Contes moraux *de Marmontel, la séduction d'une jeune femme par un libertin se confond proprement avec la visite d'une petite maison au bord de la Seine, à flanc de colline. « Le luxe intérieur du palais répond à la magnificence des dehors. C'est le temple des arts et du goût. Le pinceau, le ciseau, le burin, tout ce que l'industrie a inventé pour les délices de la vie y est étalé avec une sage profusion ; et les voluptés, filles de l'opulence y flattent l'âme par tous les sens. » La jeune femme ne peut retenir « un cri de* surprise et d'admiration » en découvrant un cabinet solitaire, couvert de glaces. Elle a pourtant tôt fait de comprendre que la maison éclipse le propriétaire. La beauté de la mise en scène peut ne révéler qu'un piètre metteur en scène. Encore quelques années plus tard, le fat des Sacrifices de l'amour de Dorat semble plus heureux, il a su ajouter au faste des lieux les suggestions de la musique. « Je la fais passer par de longues galeries fort obscures (car j'avais fait discrètement éteindre les lumières), et la conduis avec des précautions tout à fait magiques à l'intérieur de mon appartement. » À chaque moment de la visite correspond un air, exécuté par les musiciens cachés derrière la cloison. Le repas est accompagné par une musique « vive, gaie, pétulante, quelquefois même un peu bacchique » qui se radoucit peu à peu et signale le moment d'entrer dans le boudoir. C'est la musique elle-même qui semble déterminer le désir et mener les corps jusqu'à l'étreinte. Ce roman de Dorat date de 1771 et nous conduit jusqu'à la première édition de Point de lendemain.

Dans la prolifération des textes qui mériteraient d'être cités, un conte doit retenir l'attention car il concentre l'effet littéraire sur le décor et a joué un rôle à la fois essentiel et discret au début de cette tradition romanesque. Il s'agit de La Petite Maison de Jean-François de Bastide. À l'ouverture du récit, on retrouve le pari libertin, mais il est passé cette fois, en toute amicale ou amoureuse complicité, entre le séducteur et sa victime consentante. La jeune femme saura-t-elle résister à une visite de la propriété au bord de la Seine ? Elle s'amuse tout d'abord à perdre, ou à gagner du temps. Elle s'attarde, revient sur ses pas. Le conte se déroule comme un dialogue de Crébillon ou de Marivaux, fait d'attaques et de répliques, d'avancées et de reculs. Il explore systématiquement les pièces du pavillon, selon une courbe sinueuse qui correspond aux décors rocaille. Le couple parcourt les vergers et les potagers, puis une première aile, avec salon, chambre à coucher et boudoir, il ressort admirer les jardins d'agrément pour visiter ensuite la seconde aile, avec salon, pièce de jeu, salle à manger et cabinet fatal ou final. La maison semble ici encore éclipser son propriétaire, mais dans un sens qui n'est pas celui du conte de Marmontel. Elle l'éclipse narrativement. Son détail occupe l'essentiel du texte, semble empiéter sur l'intrigue, déborde en notes qui précisent le nom des artistes et artisans qui ont créé tant de merveilles, comme si la séduction du lecteur empruntait les mêmes voies que celle de la jeune femme. La maison cache l'enjeu libertin et philosophique : la volonté, le désir sont-ils malléables entre les mains des cyniques ? la conscience peut-elle s'abstraire de ses déterminations ? Ces questions demeurent derrière les festons et les fleurs de la décoration.

*Le conte de Bastide tire son titre d'une institution mondaine qui caractérise le libertinage et le luxe du siècle.* « *Le premier usage de ces maisons particulières, appelées communément petites maisons, s'introduisit à Paris par des amants qui étaient obligés de garder des mesures, et d'observer le mystère pour se voir, et par ceux qui voulaient avoir un asile pour faire des parties de débauche qu'ils auraient craint de faire dans des maisons publiques et dangereuses, et qu'ils auraient rougi de faire chez eux.* » *Duclos dans* Les Confessions du comte de*** *ne saurait être plus clair sur l'origine de ces rendez-vous galants qui se multiplièrent autour de la capitale. Au cours du siècle, ils gagnèrent progressivement en faste et en publicité pour devenir un indispensable accessoire du train de vie aristocratique. Ils ont cessé d'être secrets, d'être indécents, mais aussi d'être nécessaires, remarque le comte de*** *auquel Duclos prête la parole.* « *Rien de plus décent qu'une petite maison* », *peut ajouter le libertin des* Égarements du cœur et de l'esprit. *Mme de Merteuil en tant que femme doit encore garder quelque discrétion, elle se déguise en femme de chambre et travestit sa suivante en laquais pour se rendre dans sa petite maison, véritable* « *temple de l'amour* ». *Un tel lieu mobilisait trop l'imaginaire pour ne pas faire l'objet de toute une littérature. Le président Hénault, Chevrier et Marconville, Laus de*

*Boissy et Mérard de Saint-Just lui consacrèrent
successivement une pièce de théâtre. La description du
décor au début de* L'Esprit des mœurs au
XVIII<sup>e</sup> siècle ou la Petite Maison *de Mérard de
Saint-Just marque bien que nous sommes dans le
même espace de luxe et de plaisir que chez Bastide :*
« *Le lieu de la scène est un salon très orné de glaces,
enrichi de sculptures dorées, et meublé en ottomanes et
en bergères de pékin jonquille, brodé en blanc, rose,
vert et lilas.* » *La fiction se laisse emporter par
l'euphorie économique qui raffine sur les matières, les
formes et les couleurs.*

*Louis-Sébastien Mercier dans le* Tableau de
Paris *s'offusque d'un tel luxe. Les palais, dit-il,
sont devenus des bagatelles. Les bâtiments ont adopté
la forme des bijoux, élégants et bizarres. Il ne parle
pas des petites maisons, mais c'est aussi d'elles qu'il
est question.* « *L'architecture, jadis majestueuse et
qui ne dérogeait pas, s'est ployée à la licence de nos
mœurs et de nos idées. Elle a prévu et satisfait toutes
les intentions de la débauche et du libertinage ; les
issues secrètes et les escaliers dérobés sont au ton des
romans du jour.* » *Ces romans, ce sont bien sûr ceux
de Crébillon et de Bastide, de Dorat et de Vivant
Denon. Dans son puritanisme, Mercier décrit bien
l'assouplissement de l'art classique qui se plie, se
ploie, selon son terme, aux sinuosités du désir et aux
suggestions du plaisir. La pierre se dérobe derrière le*

*décor, la ligne disparaît sous la couleur et l'ornement. L'homme n'est que sensations, avertissaient les philosophes empiristes ; l'architecture épouse les sentiments et les émotions. Les pièces sont désormais moins des lieux que des mouvements, des musiques, des rêves éveillés. Dans* Le Génie de l'architecture, *Le Camus de Mézières donne pour mot d'ordre à ses confrères : « Faisons régner l'illusion », « ménageons toute la magie de l'optique. »*

La Petite Maison *et* Point de lendemain *ne sont sans doute pas de la même valeur littéraire ; pourtant les deux contes prennent sens l'un par l'autre. Ce sont deux itinéraires à travers la Carte du Tendre, revue par le libertinage, deux traversées des miroirs où se reflètent à l'infini les corps et les décors. Le lieu et le moment sont identiques, un bord de Seine, un soir d'été. Le bord de Seine signifie que nous sommes en dehors de Paris, à l'écart des regards, des pesanteurs de la mondanité. Il suggère au narrateur de* Point de lendemain *la métaphore de l'île. Le pavillon et la grotte où les amants s'étreignent rappellent Cythère, le rendez-vous des couples comblés que la littérature précieuse puis libertine n'a cessé d'évoquer et dont Watteau ou Fragonard ont figuré l'embarquement. Les étoffes exotiques, les laques de Chine et les porcelaines du Japon transforment ce coin de l'Île-de-France en une terre lointaine, un Orient voluptueux. Les deux autres métaphores sont celles du théâtre, présente dès l'ouverture à l'Opéra, et du temple qui tout à la fois sacralise le désir et désacralise la religion.* Divin *est devenu un adjectif bien mondain. La possession physique fait de même se rencontrer les « âmes » des amants qui se multiplient sous les baisers : étrange spiritualité ! Quant à la grotte artificielle, elle témoigne des ressources dont son mari avait besoin et « du peu de ressort » que Mme de T... « donnait à son âme ». Cette âme-ci vaut bien ce temple-là.*

*Le moment n'est pas non plus choisi sans discernement. C'est un soir d'été où l'on goûte la fraîcheur qui monte du fleuve ou bien, dans* La Petite Maison, *se répand autour des fontaines et des cascades. Toute une littérature amoureuse se déroule dans l'énervement de l'été lorsque les désirs sont fouettés par la chaleur et que les corps ne demandent qu'à se dénuder. On se souvient du* Mariage de Figaro *ou des premières lettres des* Liaisons dangereuses. *Dans les deux contes, on passe, sans avoir à se couvrir ni à se déshabiller, de l'intérieur à l'extérieur ; une même température baigne les salons et les jardins.* La Petite Maison *évoque « la chaleur du jour »* et Point de lendemain *« une belle nuit d'été ». Le soir et la nuit permettent également des effets de lumière. La Morlière parlait déjà d'un « demi-jour qui paraissait avoir été inventé pour éclairer les entreprises de l'amour, ou pour*

*ensevelir la défaite de la vertu* ». Point de lendemain *se déroule dans le* « *demi-jour très voluptueux* »
*d'une nuit de lune qui laisse entrevoir les objets et
semble* « *ne les voiler que pour donner plus d'essor à
l'imagination* », *puis dans la lueur douce et céleste qui
prélude à l'obscurité de la grotte.* La Petite Maison
*ménage des contrastes entre les allées du parc baignées
dans une très grande lumière et les recoins enténébrés,
le feu d'artifice et le retour de l'ombre. C'est un
serviteur noir qui allume les bougies du lustre dans le
premier salon tandis que le dernier n'est éclairé
qu'autant qu'il le faut pour faire apercevoir les
estampes au mur. Le langage se déploie entre
l'explicite et l'implicite, entre la crudité et la litote à la
manière de ces éclairages indirects. La* « *gaze* » *que
réclame la décence du propos s'apparente aux voiles,
rideaux et autres transparents qui tamisent la lumière,
irréalisent le décor, provoquent l'imagination.*

*Tous les sens sont sollicités par des lieux aussi
subtilement installés. Les effets de lumière sont sans
doute les plus sensibles, ainsi que la palette de
couleur, du lilas du premier salon à la jonquille et au
soufre tendre de la chambre à coucher, de l'or mêlé de
vert dans le boudoir au gros bleu rehaussé d'or dans
l'appartement de bain et au gros vert du dernier
salon. Le cabinet secret de* Point de lendemain *est
envahi par les parfums qui s'exhalent de cassolettes.*
La Petite Maison *donne aussi leur place aux*

odeurs, louant l'inventeur des vernis parfumés à la violette, au jasmin et à la rose, multipliant les bouquets de pièce en pièce. Conformément à ce raffinement aristocratique, les fleurs se trouvent moins dans les jardins, voués aux jets d'eau et aux feux d'artifice, que dans les appartements : réelles dans des vases ou bien fictives sur les fresques. Elles correspondent à la révolution olfactive, analysée par Alain Corbin, qui substitue les senteurs végétales aux lourds parfums animaux et met soudain à l'honneur le moins valorisé des cinq sens en tant que support de la mémoire, de la suggestion et du plaisir fugace.

*La table volante de* La Petite Maison *monopolise l'attention de Mélite et du lecteur : nous ne savons pas plus que la jeune femme ce qu'elle a dans son assiette, de même que, du menu de* Point de lendemain, *nous ne connaissons que le veau de rivière, étourdiment proposé par Mme de T... à son mari. Le goût reste évasivement évoqué, c'est que les baisers sont peut-être les vrais plaisirs de bouche. La musique en revanche est reine.* Point de lendemain *commence à l'Opéra et se continue au murmure du fleuve. Comme le libertin des* Sacrifices de l'amour, *le maître de* La Petite Maison *a caché des musiciens dans le parc et dans les intérieurs : on joue dehors une ariette d'Issé et dedans un des grands airs d'Armide. La musique la plus touchante est celle qui vient de loin, qui s'insinue et surprend comme un parfum, dont l'imprécision s'impose comme une douce violence. La romance entendue de loin et la voix invisible sont des thèmes récurrents dans la fiction sentimentale de la fin du siècle. La diversité et la richesse des matériaux utilisés, le* pluché *du tapis dans le cabinet secret du château relèvent enfin du tact, et le corps de Mme de T... dans* Point de lendemain *est décrit avec la lenteur insistante d'une caresse.*

*Nos deux contes ont donc en commun un cadre et les règles du jeu. S'ils s'opposent, c'est par le rapport respectif, dans la séduction, entre les deux sexes.* La Petite Maison *se présente comme une narration à la troisième personne, le héros masculin en est le libertin triomphant qui cumule le triple pouvoir de la naissance, de l'argent et du charme personnel. Il tente de séduire une femme, digne de lui.* Point de lendemain *est un récit à la première personne où le narrateur se souvient de sa jeunesse et de ses illusions. La maîtrise libertine est passée des mains de l'homme à celles d'une femme. Le marquis de Trémicour et Mme de T... ont soigneusement ménagé leurs effets, préparé leur stratégie. Le* moment, *au sens que lui donne Crébillon, ne peut rien devoir au hasard. Trémicour chasse d'un signe les valets indiscrets, donne le signal du concert aux musiciens placés dans le corridor. Il marche sur le bas de la robe de Mélite pour détourner un instant son attention de la pièce où il l'entraîne. Mme de T... dispose également de serviteurs qui savent disparaître dans l'ombre. Dans sa loge à l'Opéra, elle appelle un de ses gens, lui parle à l'oreille. Elle lui a sans doute dit de préparer la voiture. Plus tard dans la nuit, elle réveille une de ses femmes endormies. « On lui parla à l'oreille », la femme de chambre sort par une porte secrète pour disposer les accessoires de la grande scène d'amour. Trémicour peut se montrer entreprenant en homme qu'il est ; Mme de T... doit éluder les questions, masquer ses intentions, composer avec les maladresses de celui qui n'ose pas encore oser. La question se pose pourtant de savoir si le libertin de* La Petite Maison *reste le même à la fin du conte, si Mme de T... n'a pas eu la révélation durant cette nuit sans lendemain d'une qualité de plaisir inconnue. Les deux récits se font pendant : le séducteur blasé a peut-être découvert le sentiment et la libertine réduite aux expédients une jouissance nouvelle. Où s'arrête la complaisance libertine et où commence la réflexion morale ?*

*Les deux récits s'opposent également par leur ton et par la personnalité de leur auteur respectif.* Point de lendemain *a été plus d'une fois publié sous le nom de Dorat et il a fallu une polémique pour que soit établie la paternité de Vivant Denon. C'est que le conte ne semble pas avoir besoin d'auteur et que la biographie de Denon est si riche que le petit chef-d'œuvre n'y paraît qu'un merveilleux détail parmi tant d'autres. L'aisance de Dominique-Vivant de*

*Non à se faufiler à la Cour de Louis XV, dans la diplomatie de Louis XVI, parmi les artistes officiels de la Révolution et dans l'expédition d'Égypte a quelque chose de romanesque auprès de quoi pâlit la carrière de polygraphe de Jean-François de Bastide. Denon semble avoir d'abord vécu et Bastide surtout écrit. L'un se réserve, si l'on excepte une petite comédie, un voyage en Italie et le superbe voyage en Égypte, pour un conte bref, dense, énigmatique tandis que l'autre remplit des volumes d'histoires, compile le* Mercure, *broche des résumés pour la* Bibliothèque universelle des romans *:* La Petite Maison *n'a pas eu le temps d'être ciselée en un joyau. L'un prend l'Europe et l'Égypte comme champ de ses curiosités et de ses succès, l'autre ne se trouve en dehors de Paris et de sa bohème littéraire que pour naître (à Marseille) et pour mourir (à Milan).*

*Une connivence plus subtile unit pourtant le graveur, le collectionneur et le créateur du musée du Louvre qu'est Denon et Bastide, l'auteur du* Temple des arts *et le collaborateur de l'architecte Blondel dans* L'Homme du monde éclairé par les arts. *La multiplicité des notes ajoutées par Bastide à son récit marque une attention précise portée aux artistes du temps et à leurs réalisations.* Le Temple des arts *rend hommage à la maison d'un riche collectionneur, « une des plus belles et des plus parfaitement ornées qu'il y ait en Hollande ». Ce long poème décrit les toiles réunies par M. Braamcamp et, au hasard d'une métaphore, suggère que le libertinage peut être, mieux qu'une conquête sexuelle, un hédonisme et une esthétique. La création et la consommation artistiques seraient une façon de vivre par procuration, d'ouvrir des possibles en marge du réel, de jouir de la beauté partout où elle se manifeste. « On devient inconstant sans infidélité. / Parjure sans être coupable, / Et sans trahir l'amour on cède à la beauté. » L'art seul permet de concilier les contraires, le libertinage et la moralité, la violence et l'harmonie. Le plaisir éphémère et la permanence de l'œuvre. Le conte de Bastide qui pourrait n'être qu'un jeu mondain sert de modèle à un traité technique,* Le Génie de l'architecture, ou l'Analogie de cet art avec nos sensations *de Le Camus de Mézières (1780) et, de même que le visionnaire Claude-Nicolas Ledoux a pu dessiner la demeure de grandes courtisanes et les temples de la vie civique, Vivant Denon passe de l'immoralisme tranquille de* Point de lendemain *aux grandes festivités, éprises de signification, de la Révolution et de l'Empire.*

Point de lendemain *semble nous installer dans un monde sans durée,* La Petite Maison *dans un espace fragmenté. Une même discontinuité semble nous condamner à ce que Crébillon dans les* Égarements *nomme « le règne des atomes » et à ce que les critiques modernes analyseront comme le libertinage crépusculaire d'une aristocratie à bout de souffle. Les* condamnations de Bastide par la Correspondance littéraire *renvoient à cette image de frivolité. Mélite ne confond pourtant pas les chefs-d'œuvre et les* riens, *la création esthétique et la consommation mondaine. La lucidité qui sait ne pas être dupe, l'art qui éternise l'instant changent un petit-maître en créateur.* La Petite Maison *de Bastide s'oppose moins à la grandeur à l'antique, prêchée par les Lumières, que ne veut le dire la* Correspondance littéraire, *et* Point de lendemain *n'est pas si contraire aux perspectives du progrès qui se dégagent alors. Les deux contes valent plutôt comme une réflexion métonymique sur la grande leçon philosophique du siècle. Nous sommes* machines, *reconnaît le narrateur de* Point de lendemain, *autant être les mécaniciens de notre bonheur. Les raffinements de l'écriture doivent être à la hauteur de la perfection des artistes et artisans qui ont créé les décors des deux histoires, et de la subtilité des libertins qui font de leur vie une œuvre d'art.*

*Les deux récits ont la brièveté d'une époque qui se hâte de vivre avant qu'il ne soit trop tard, et veut jouir de chaque instant, de chaque phrase. Ils participent à la fois d'une sociabilité qui aime les anecdotes dans un coin du salon, et d'un style qui se parfait dans la solitude du cabinet. Ils sont pensés, travaillés et peuvent être racontés sur le mode de l'improvisation. Il faut y regarder de plus près pour s'apercevoir que, d'une soirée à l'autre, d'un auditoire, d'un public à l'autre, l'histoire a changé. La rapidité du conte laisse la place aux interprétations, aux nuances, aux variations. L'ironie est une esquive, l'inachèvement des* Égarements du cœur et de l'esprit, *les ellipses des* Liaisons dangereuses *servent à ne pas choisir entre le moralisme affiché et le libertinage pratiqué.* La Petite Maison *et* Point de lendemain *ont encore parfait le mystère et l'ironie. Trémicour, le séducteur aux impatiences d'enfant gâté, et Mélite, la femme insensible aux discours des beaux parleurs, ont-ils soudain l'un et l'autre découvert l'amour, au hasard d'une gageure ? Mme de T... et son jeune amant ont-ils eu la révélation d'un plaisir qu'ils ne connaissaient pas avec leur partenaire habituel ? Le sens reste en suspens, la narration refuse de conclure.*

*À la fin de l'Empire, Denon, un soir après le repas, aurait raconté à quelques intimes l'histoire qui forme la matière de* Point de lendemain. Balzac, du moins, l'assure dans la Physiologie du mariage, *mais sans nommer Denon. Cette histoire que le directeur des musées nationaux confie à ses amis et en tout cas publie en 1812 n'est pas exactement celle qui avait paru trente-cinq ans plus tôt dans le* Journal des dames de Dorat. « La comtesse de *** me prit sans m'aimer, continua Damon : elle me trompa. » Le manque d'amour est premier, il autorise tous les cynismes. « J'aimais*

éperdument la Comtesse de... ; j'avais vingt ans, et
j'étais ingénu ; elle me trompa. » La passion remplace le cynisme, les demi-teintes nuancent la noirceur
du tableau premier. Le narrateur du conte en 1777
porte un nom, il n'est pas né de la dernière soirée,
entend tirer vengeance de celle qui l'a abusé et sait
bien que Mme de T... qui le lorgne depuis quelque
temps est disposée à l'aider dans cette tâche. Le héros
de 1812 n'est plus un libertin aguerri de vingt-cinq
ans, mais un novice de vingt ans qui ne demande qu'à
apprendre. Le contexte n'est plus tant le libertinage
cruel qui va mettre aux prises Merteuil et Valmont,
qu'un doux immoralisme qui fait craquer les dames
d'un certain âge devant les jouvenceaux et convainc
ceux-là qu'aucun plaisir n'est à négliger. Denon lui-
même, vieillissant, semble jeter un regard attendri sur
sa jeunesse et sur une époque que la Révolution a
définitivement close. Qui n'a pas connu la France
d'avant 1789 n'a pas connu la douceur de vivre,
aurait dit Talleyrand. Le ricanement se fait donc
sourire et l'anatomie de nos entraînements laisse place
à ce que Balzac nomme « une délicieuse peinture des
mœurs du siècle dernier ».

Entre ces deux versions, notre époque semble avoir
préféré la seconde et perpétuer la nostalgie que les
Français de l'Empire éprouvaient déjà à l'égard du
siècle qu'ils venaient de quitter. De la Régence aux
premières années de Louis XVI, les jeunes gens

*savaient encore concilier la passion et les passades,*
*les illusions et le sens des réalités, avec un art que le*
*couperet de la guillotine et la boucherie impériale ont*
*fait disparaître. Mais l'histoire racontée par Denon*
*peut encore être déclinée sur d'autres tons. Dans les*
*dernières années du XVIII<sup>e</sup> siècle paraît une réécriture*
*pornographique du conte de 1777, intitulée* La Nuit
merveilleuse. *Les noms sont changés. La Comtesse*
*de \*\*\* devient Mme d'Arbonne ; son amie Mme de*
*T... prend un nom connu de l'onomastique romanes-*
*que du temps, Mme de Terville ; le Marquis, son*
*amant en titre, devient Valsain, et Damon le*
*narrateur devient Verseuil. Des adjonctions font des*
*passages amoureux des scènes franchement érotiques.*
*Un baiser est échangé dès le voyage en voiture. Les*
*hésitations, les timidités du jeune homme dans la*
*discussion nocturne sur la terrasse sont relativisées :*
*« Je bouillais, je brûlais de la posséder, et cependant*
*je me contraignis. Je suis de bonne foi ; ce raffine-*
*ment de ma part m'a fait toujours, depuis, détester*
*la mignardise et la coquetterie dans les femmes. »*
*Et plus loin : « Je ne concevais pas moi-même, au*
*milieu de tout mon beau système de coquetterie*
*masculine, comment, après ce qui venait d'avoir lieu,*
*je pouvais être si retenu. » Il se dédommage bien vite*
*de tant de patience. Les scènes dans le cabinet du*
*parc puis dans la fausse grotte font l'objet de lon-*
*gues extrapolations. Aucun détail, aucune caresse n'est*

*caché au lecteur. Et puisque la discrète femme de chambre reste là après le départ de sa maîtresse, elle a droit à un hommage, tout comme la soubrette dans* Faublas *et bien d'autres romans libertins, un assaut sodomite pour compléter la gamme des possibilités érotiques. La loi du genre est d'être infatigable.*

*Denon peut-il avoir mis la main à cette charge? Rien n'est exclu en ce siècle où la pornographie est souvent considérée comme un passe-temps mondain :* Beaumarchais compose des parades ordurières et Sénac de Meilhan, *le vertueux auteur de* L'Émigré, *une* Foutromanie. *On connaît de Vivant Denon des dessins érotiques et dans la version de 1777 il fait tourner la statue d'Amour qui devient celle de Priape. Quel qu'en soit l'auteur,* La Nuit merveilleuse *met en valeur le style de* Point de lendemain *et son art de la suggestion. Le retour de la France dans le giron de l'Église transforme en délit ce qui était plaisanterie et, sous prétexte de revenir à l'Ancien Régime, la Restauration brise la joie de vivre d'avant la Révolution. Lorsque Balzac en 1829 détourne à son profit le texte de* Point de lendemain, *il élimine de la version de 1812, dont la fausse naïveté aurait dû faire pardonner les audaces, « certains détails » qu'il juge « trop érotiques pour l'époque actuelle ». Là où le pornographe ajoute, le romancier de la* Physiologie du mariage *retranche. Reste-t-il même un acte de possession physique dans le cabinet de la terrasse ? Le*

*lecteur peut en douter. La seconde scène n'est pas
moins escamotée :* « *Je jette un voile sur des folies que
tous les âges pardonnent à la jeunesse en faveur de
tant de désirs trahis, et de tant de souvenirs.* »

*Vivant Denon lui-même a raconté son histoire de
deux façons, jouant de l'éclairage, selon le moment et
l'auditoire. Deux autres interprétations ont été possibles, à la fois traductions et trahisons, qui marquent la permanence d'un conte, passant de salon en
salon, de génération en génération. Il n'est pas
jusqu'au XX<sup>e</sup> siècle qui n'ait adopté et adapté l'histoire des trois infidélités. Louis Malle en a tiré un
film qui fit scandale en 1958,* Les Amants. *Le
générique se déroule sur la carte du Tendre du
XVII<sup>e</sup> siècle, mais l'action est transposée à l'époque
moderne. La rouée Mme de T... s'est muée en une
jeune bourgeoise de Dijon qui s'ennuie entre un mari
et un ami, si bourgeois et conventionnels l'un et
l'autre. Un jeune bohème dans sa 2 CV brinqueba-
lante apporte, un soir d'été, la révélation d'autre
chose... La promenade dans le parc est longuement
filmée ; la perspective du fleuve et de l'île d'amour
dans le conte de Vivant Denon est devenue un étang où
la lune se reflète et sur lequel les jeunes gens oublient
toute réalité extérieure au fond d'une barque. Les
ébats dans la maison ont à la fois la charge érotique
et la discrétion d'un film, même scandaleux, de 1958.
C'est peut-être l'immoralisme tranquille du conte*

*initial qui a été le moins acceptable pour Louis Malle. Du récit d'une liaison sans lendemain, le cinéaste tire l'histoire d'une révélation et d'un grand amour. Devant Alain Cuny, le mari, et José-Luis de Villalonga, l'amant officiel, Jeanne Moreau triomphante, au petit matin, monte dans la 2 CV de Jean-Marc Bory. Elle quitte sa fille, le confort et l'ennui, et le spectateur ne sait pas mieux qu'elle jusqu'où elle est décidée à vivre sa vie.* Point de lendemain *a servi, une fois encore, à bousculer le moralisme.*

La Petite Maison *n'a sans doute pas connu un tel succès jusqu'à nos jours. Le conte de Bastide relève pourtant d'une même écriture vive, toujours prête aux variations. En 1758, dans* Le Nouveau Spectateur, *il nous fait assister au triomphe de Mélite, émue par tant de beautés, amoureuse du maître de maison et capable de lui résister pour le forcer à sortir de lui-même, à quitter sa défroque de fat et à découvrir un sentiment véritable. L'unité de temps et de lieu est rompue dans cette première version qui s'achève sur un échange de lettres entre Mélite et Trémicour ; ce dernier écrit : « Soyez tranquille sur mon amour : il eût été ardent dans le plaisir ; il sera modéré dans la peine. »* La Petite Maison *est alors l'histoire d'un libertin converti et pris à son propre piège. Dans les* Contes de 1763, *le récit finit dans le dernier salon ; l'unité est rétablie ; la fin paraît à la fois plus conventionnelle, avec la chute de Mélite, et plus énigmatique, avec le doute qui subsiste sur la conversion du séducteur. Au début de la narration, la jeune femme ne voulait pas croire à la sincérité de celui qui lui faisait la cour ; quelques pages plus loin, elle en paraît convaincue. Le lecteur l'est-il également et le conte est-il moral à la Marmontel ou bien libertin à la Denon ?*

*Dans leur brièveté,* Point de lendemain *et* La Petite Maison *nous proposent une double leçon de style et de vie. La langue la plus efficace est celle qui, sans poser ni peser, sait rendre compte de toutes les nuances du sentiment et du plaisir. Sait suggérer les contradictions du cœur et chanter un plaisir à la fois fulgurant et fugace, entre rêve et réalité. Elle reste ouverte aux variations et aux possibles dans une complicité entre le conteur et son auditeur, prêts à voiler ou mieux éclairer une scène, à changer un dénouement. Une telle langue est un art de vivre. Elle n'enferme pas les êtres dans des mots, elle les aide à se délivrer de leurs entraves. Tourner les censures et faire fi des pisse-froid, disposer un boudoir et fleurir une commode, mener une conversation et trouver des gestes d'amour participent d'une même esthétique du quotidien qui nous manque si cruellement et dont le XVIII<sup>e</sup> siècle, grâce à Vivant Denon et Bastide, nous offre deux exemples éblouissants.*

MICHEL DELON

Vivant Denon

# Point
# de lendemain
CONTE
*(version de 1812)*

*La lettre tue, et l'esprit vivifie.*
E.D.S.P.[1]

J'aimais éperdument la comtesse de ...;
j'avais vingt ans, et j'étais ingénu; elle me
trompa, je me fâchai, elle me quitta. J'étais
ingénu, je la regrettai; j'avais vingt ans, elle
me pardonna : et comme j'avais vingt ans,
que j'étais ingénu, toujours trompé, mais plus
quitté, je me croyais l'amant le mieux aimé,
partant le plus heureux des hommes. Elle
était amie de Mme de T..., qui semblait avoir
quelques projets sur ma personne [1], mais sans
que sa dignité fût compromise. Comme on le
verra, Mme de T... avait des principes de
décence [2] auxquels elle était scrupuleusement
attachée.

Un jour que j'allais attendre la Comtesse
dans sa loge, je m'entends appeler de la loge
voisine. N'était-ce pas encore la décente
Mme de T...? « Quoi! déjà? me dit-on. Quel

désœuvrement! Venez donc près de moi. »
J'étais loin de m'attendre à tout ce que cette
rencontre allait avoir de romanesque et
d'extraordinaire[1]. On va vite avec l'imagination des femmes; et dans ce moment celle de
Mme de T... fut singulièrement inspirée. « Il
faut, me dit-elle, que je vous sauve le ridicule
d'une pareille solitude; puisque vous voilà, il
faut... L'idée est excellente. Il semble qu'une
main divine vous ait conduit ici. Auriez-vous
par hasard des projets pour ce soir? Ils
seraient vains, je vous en avertis; point de
questions, point de résistance... appelez mes
gens. Vous êtes charmant. » Je me prosterne... on me presse de descendre, j'obéis.
« Allez chez Monsieur, dit-on à un domestique, avertissez qu'il ne rentrera pas ce
soir... » Puis on lui parle à l'oreille, et on le
congédie. Je veux hasarder quelques mots,
l'opéra commence, on me fait taire : on
écoute, ou l'on fait semblant d'écouter. À
peine le premier acte est-il fini[2], que le même
domestique rapporte un billet à Mme de T...,
en lui disant que tout est prêt. Elle sourit, me
demande la main, descend, me fait entrer
dans sa voiture, et je suis déjà hors de la ville
avant d'avoir pu m'informer de ce qu'on
voulait faire de moi[3].

Chaque fois que je hasardais une question, on répondait par un éclat de rire. Si je n'avais bien su qu'elle était femme à grandes passions, et que dans l'instant même elle avait une inclination, inclination dont elle ne pouvait ignorer que je fusse instruit, j'aurais été tenté de me croire en bonne fortune. Elle connaissait également la situation de mon cœur, car la Comtesse de ... était, comme je l'ai déjà dit, l'amie intime de Mme de T... Je me défendis donc toute idée présomptueuse, et j'attendis les événements. Nous relayâmes[1], et repartîmes comme l'éclair. Cela commençait à me paraître plus sérieux. Je demandai avec plus d'instance jusqu'où me mènerait cette plaisanterie. « Elle vous mènera dans un très beau séjour; mais devinez où : oh! je vous le donne en mille... chez mon mari[2]. Le connaissez-vous?

— Pas du tout.

— Je crois que vous en serez content : on nous réconcilie. Il y a six mois que cela se négocie, et il y en a un que nous nous écrivons. Il est, je pense, assez galant à moi d'aller le trouver.

— Oui : mais, s'il vous plaît, que ferai-je là, moi? à quoi puis-je y être bon?

— Ce sont mes affaires. J'ai craint l'ennui

d'un tête-à-tête ; vous êtes aimable, et je suis bien aise de vous avoir[1].

— Prendre le jour d'un raccommodement pour me présenter[2], cela me paraît bizarre. Vous me feriez croire que je suis sans conséquence. Ajoutez à cela l'air d'embarras qu'on apporte à une première entrevue. En vérité, je ne vois rien de plaisant pour tous les trois dans la démarche que vous allez faire.

— Ah ! point de morale, je vous en conjure ; vous manquez l'objet de votre emploi. Il faut m'amuser, me distraire, et non me prêcher. »

Je la vis si décidée, que je pris le parti de l'être autant qu'elle. Je me mis à rire de mon personnage, et nous devînmes très gais.

Nous avions changé une seconde fois de chevaux. Le flambeau mystérieux de la nuit éclairait un ciel pur et répandait un demi-jour très voluptueux[3]. Nous approchions du lieu où allait finir le tête-à-tête. On me faisait, par intervalles, admirer la beauté du paysage, le calme de la nuit, le silence touchant de la nature[4]. Pour admirer ensemble, comme de raison, nous nous penchions à la même portière ; le mouvement de la voiture faisait que le visage de Mme de T... et le mien s'entretouchaient[5]. Dans un choc imprévu, elle me serra la main ; et moi, par le plus grand hasard du monde, je la retins entre mes bras. Dans cette attitude, je ne sais ce que nous cherchions à voir. Ce qu'il y a de sûr, c'est que les objets se brouillaient à mes yeux, lorsqu'on se débarrassa de moi brusquement, et qu'on se rejeta au fond du carrosse. « Votre projet, dit-on après une rêverie assez profonde, est-il de me convaincre de l'imprudence de ma démarche ? » Je fus embarrassé de la question. « Des projets... avec vous... quelle duperie ! vous les verriez venir de trop loin : mais un hasard, une surprise... cela se pardonne .

— Vous avez compté là-dessus, à ce qu'il me semble. »

Nous en étions là sans presque nous apercevoir que nous entrions dans l'avant-cour[1] du château. Tout était éclairé, tout annonçait la joie, excepté la figure du maître, qui était rétive à l'exprimer. Un air languissant[2] ne montrait en lui le besoin d'une réconciliation que pour des raisons de famille. La bienséance amène cependant M. de T... jusqu'à la portière. On me présente, il offre la main, et je suis, en rêvant à mon personnage, passé, présent, et à venir. Je parcours des salons décorés avec autant de goût que de magnifi-

cence, car le maître de la maison raffinait sur
toutes les recherches de luxe. Il s'étudiait à
ranimer les ressources d'un physique éteint
par des images de volupté. Ne sachant que
dire, je me sauvai par l'admiration. La déesse
s'empresse de faire les honneurs du temple, et
d'en recevoir les compliments. « Vous ne
voyez rien ; il faut que je vous mène à
l'appartement de Monsieur.

— Madame, il y a cinq ans que je l'ai fait
démolir.

— Ah ! ah ! » dit-elle.

À souper, ne voilà-t-il pas qu'elle s'avise
d'offrir à Monsieur du veau de rivière[1], et
que Monsieur lui répond : « Madame, il y a
trois ans que je suis au lait.

— Ah ! ah ! » dit-elle encore.

Qu'on se peigne une conversation entre
trois êtres si étonnés de se trouver ensemble[2] !

Le souper finit. J'imaginais que nous nous
coucherions de bonne heure ; mais je n'imaginais bien que pour le mari. En entrant dans le
salon : « Je vous sais gré, Madame, dit-il, de
la précaution que vous avez eue d'amener
Monsieur. Vous avez jugé que j'étais de
méchante ressource pour la veillée, et vous
avez bien jugé, car je me retire. » Puis, se
tournant de mon côté, il ajouta d'un air

ironique : « Monsieur voudra bien me pardonner, et se charger de mes excuses auprès de Madame. » Il nous quitta[1].

Nous nous regardâmes, et, pour nous distraire de toutes réflexions, Mme de T... me proposa de faire un tour sur la terrasse, en attendant que les gens eussent soupé. La nuit était superbe ; elle laissait entrevoir les objets, et semblait ne les voiler que pour donner plus d'essor à l'imagination. Le château ainsi que les jardins, appuyés contre une montagne, descendaient en terrasse jusque sur les rives de la Seine[2] ; et ses sinuosités multipliées formaient de petites îles agrestes et pittoresques, qui variaient les tableaux et augmentaient le charme de ce beau lieu.

Ce fut sur la plus longue de ces terrasses que nous nous promenâmes d'abord : elle était couverte d'arbres épais. On s'était remis de l'espèce de persiflage qu'on venait d'essuyer[3] ; et tout en se promenant, on me fit quelques confidences. Les confidences s'attirent, j'en faisais à mon tour, elles devenaient toujours plus intimes et plus intéressantes. Il y avait longtemps que nous marchions. Elle m'avait d'abord donné son bras, ensuite ce bras s'était entrelacé, je ne sais comment, tandis que le mien la soulevait et l'empêchait

presque de poser à terre. L'attitude était
agréable, mais fatigante à la longue, et nous
avions encore bien des choses à nous dire.
Un banc de gazon se présente ; on s'y assied
sans changer d'attitude. Ce fut dans cette
position que nous commençâmes à faire
l'éloge de la confiance, de son charme, de
ses douceurs[1]. « Eh ! me dit-elle, qui peut
en jouir mieux que nous, avec moins d'effroi ? Je sais trop combien vous tenez au
lien que je vous connais, pour avoir rien à
redouter auprès de vous. » Peut-être voulait-elle être contrariée, je n'en fis rien.
Nous nous persuadâmes donc mutuellement
qu'il était impossible que nous pussions
jamais nous être autre chose que ce que
nous nous étions alors[2]. « J'appréhendais
cependant, lui dis-je, que la surprise de
tantôt n'eût effrayé votre esprit.

— Je ne m'alarme pas si aisément.

— Je crains cependant qu'elle ne vous ait
laissé quelques nuages.

— Que faut-il pour vous rassurer ?

— Vous ne devinez pas ?

— Je souhaite d'être éclaircie.

— J'ai besoin d'être sûr que vous me
pardonnez.

— Et pour cela il faudrait... ?

— Que vous m'accordassiez ici ce baiser que le hasard...

— Je le veux bien : vous seriez trop fier si je le refusais. Votre amour-propre vous ferait croire que je vous crains. »

On voulut prévenir les illusions, et j'eus le baiser.

Il en est des baisers comme des confidences : ils s'attirent, ils s'accélèrent, ils s'échauffent les uns par les autres. En effet, le premier ne fut pas plutôt donné qu'un second le suivit ; puis, un autre : ils se pressaient, ils entrecoupaient la conversation, ils la remplaçaient ; à peine enfin laissaient-ils aux soupirs la liberté de s'échapper. Le silence survint, on l'entendit (car on entend quelquefois le silence) : il effraya. Nous nous levâmes sans mot dire, et recommençâmes à marcher. « Il faut rentrer, dit-elle, l'air du soir ne nous vaut rien [1].

— Je le crois moins dangereux pour vous, lui répondis-je.

— Oui, je suis moins susceptible qu'une autre ; mais n'importe, rentrons.

— C'est par égard pour moi, sans doute... vous voulez me défendre contre le danger des impressions d'une telle promenade... et des suites qu'elle pourrait avoir pour moi seul.

— C'est donner de la délicatesse à mes motifs[1]. Je le veux bien comme cela... mais rentrons, je l'exige » (propos gauches qu'il faut passer à deux êtres qui s'efforcent de prononcer, tant bien que mal, tout autre chose que ce qu'ils ont à dire).

Elle me força de reprendre le chemin du château.

Je ne sais, je ne savais du moins si ce parti était une violence qu'elle se faisait, si c'était une résolution bien décidée, ou si elle partageait le chagrin que j'avais de voir terminer ainsi une scène si bien commencée ; mais, par un mutuel instinct, nos pas se ralentissaient, et nous cheminions tristement, mécontents l'un de l'autre et de nous-mêmes. Nous ne savions ni à qui, ni à quoi nous en prendre. Nous n'étions ni l'un ni l'autre en droit de rien exiger, de rien demander : nous n'avions pas seulement la ressource d'un reproche. Qu'une querelle nous aurait soulagés ! mais où la prendre ? Cependant nous approchions, occupés en silence de nous soustraire au devoir que nous nous étions imposé si maladroitement.

Nous touchions à la porte lorsque enfin Mme de T... parla : « Je suis peu contente de vous... après la confiance que je vous ai

montrée, il est mal... si mal de ne m'en
accorder aucune! Voyez si, depuis que nous
sommes ensemble, vous m'avez dit un mot de
la Comtesse. Il est pourtant si doux de parler
de ce qu'on aime! et vous ne pouvez douter
que je ne vous eusse écouté avec intérêt.
C'était bien le moins que j'eusse pour vous
cette complaisance après avoir risqué de vous
priver d'elle.

— N'ai-je pas le même reproche à vous
faire, et n'auriez-vous point paré à bien des
choses, si au lieu de me rendre confident
d'une réconciliation avec un mari, vous
m'aviez parlé d'un choix plus convenable,
d'un choix...

— Je vous arrête... songez qu'un soupçon
seul nous blesse. Pour peu que vous connaissiez les femmes, vous savez qu'il faut les
attendre sur les confidences... Revenons à
vous : où en êtes-vous avec mon amie? vous
rend-on bien heureux? Ah! je crains le
contraire : cela m'afflige, car je m'intéresse si
tendrement à vous! Oui, Monsieur, je m'y
intéresse... plus que vous ne pensez peut-être.

— Eh! pourquoi donc, Madame, vouloir
croire avec le public ce qu'il s'amuse à grossir,
à circonstancier[1]?

— Épargnez-vous la feinte; je sais sur

votre compte tout ce que l'on peut savoir. La
Comtesse est moins mystérieuse que vous.
Les femmes de son espèce[1] sont prodigues
des secrets de leurs adorateurs, surtout lorsqu'une tournure discrète comme la vôtre
pourrait leur dérober leurs triomphes. Je suis
loin de l'accuser de coquetterie ; mais une
prude n'a pas moins de vanité qu'une
coquette. Parlez-moi franchement : n'êtes-
vous pas souvent la victime de cet étrange
caractère ? Parlez, parlez.

— Mais, Madame, vous vouliez rentrer...
et l'air...

— Il a changé[2]. »

Elle avait repris mon bras, et nous recommencions à marcher sans que je m'aperçusse
de la route que nous prenions. Ce qu'elle
venait de me dire de l'amant que je lui
connaissais, ce qu'elle me disait de la maîtresse qu'elle me savait, ce voyage, la scène
du carrosse, celle du banc de gazon, l'heure,
tout cela me troublait ; j'étais tour à tour
emporté par l'amour-propre ou les désirs, et
ramené par la réflexion. J'étais d'ailleurs trop
ému pour me rendre compte de ce que
j'éprouvais. Tandis que j'étais en proie à des
mouvements si confus, elle avait continué de
parler, et toujours de la Comtesse. Mon

silence paraissait confirmer tout ce qu'il lui plaisait d'en dire. Quelques traits qui lui échappèrent me firent pourtant revenir à moi.

« Comme elle est fine, disait-elle ! qu'elle a de grâces ! une perfidie dans sa bouche prend l'air d'une saillie ; une infidélité paraît un effort de raison, un sacrifice à la décence. Point d'abandon ; toujours aimable ; rarement tendre, et jamais vraie ; galante par caractère, prude par système, vive, prudente, adroite, étourdie, sensible, savante, coquette, et philosophe : c'est un Protée pour les formes[1], c'est une grâce pour les manières : elle attire, elle échappe. Combien je lui ai vu jouer de rôles ! Entre nous, que de dupes l'environnent ! Comme elle s'est moquée du Baron... ! Que de tours elle a faits au Marquis ! Lorsqu'elle vous prit, c'était pour distraire deux rivaux trop imprudents et qui étaient sur le point de faire un éclat. Elle les avait trop ménagés, ils avaient eu le temps de l'observer ; ils auraient fini par la convaincre[2]. Mais elle vous mit en scène, les occupa de vos soins, les amena à des recherches nouvelles, vous désespéra, vous plaignit, vous consola ; et vous fûtes contents tous quatre. Ah ! qu'une femme adroite a d'empire sur vous ! et qu'elle est heureuse lorsqu'à ce jeu-là

elle affecte tout et n'y met rien du sien!»
Mme de T... accompagna cette dernière
phrase d'un soupir très significatif. C'était le
coup de maître.

Je sentis qu'on venait de m'ôter un bandeau de dessus les yeux, et ne vis point celui
qu'on y mettait. Mon amante me parut la
plus fausse de toutes les femmes, et je crus
tenir l'être sensible. Je soupirai aussi, sans
savoir à qui s'adressait ce soupir, sans démêler si le regret ou l'espoir l'avait fait naître.
On parut fâchée de m'avoir affligé, et de
s'être laissée emporter trop loin dans une
peinture qui pouvait paraître suspecte, étant
faite par une femme.

Je ne concevais rien à tout ce que j'entendais. Nous enfilions la grande route du sentiment [1], et la reprenions de si haut, qu'il était
impossible d'entrevoir le terme du voyage.
Au milieu de nos raisonnements métaphysi-
ques, on me fit apercevoir, au bout d'une
terrasse, un pavillon qui avait été le témoin
des plus doux moments. On me détailla sa
situation, son ameublement. Quel dommage
de n'en pas avoir la clef! Tout en causant,
nous approchions. Il se trouva ouvert; il ne
lui manquait plus que la clarté du jour. Mais
l'obscurité pouvait aussi lui prêter quelques

charmes. D'ailleurs, je savais combien était charmant l'objet qui allait l'embellir.

Nous frémîmes en entrant. C'était un sanctuaire, et c'était celui de l'amour. Il s'empara de nous ; nos genoux fléchirent : nos bras défaillants s'enlacèrent, et, ne pouvant nous soutenir, nous allâmes tomber sur un canapé qui occupait une partie du temple. La lune se couchait, et le dernier de ses rayons emporta bientôt le voile d'une pudeur qui, je crois, devenait importune. Tout se confondit dans les ténèbres. La main qui voulait me repousser sentait battre mon cœur. On voulait me fuir, on retombait plus attendrie. Nos âmes se rencontraient, se multipliaient ; il en naissait une de chacun de nos baisers.

Devenue moins tumultueuse, l'ivresse de nos sens ne nous laissait cependant point encore l'usage de la voix. Nous nous entretenions dans le silence par le langage de la pensée [1]. Mme de T... se réfugiait dans mes bras, cachait sa tête dans mon sein, soupirait, et se calmait à mes caresses : elle s'affligeait, se consolait, et demandait de l'amour pour tout ce que l'amour venait de lui ravir.

Cet amour, qui l'effrayait un instant avant, la rassurait dans celui-ci. Si, d'un côté, on veut donner ce qu'on a laissé prendre, on

veut, de l'autre, recevoir ce qui fut dérobé ; et,
de part et d'autre, on se hâte d'obtenir une
seconde victoire pour s'assurer de sa
conquête.

Tout ceci avait été un peu brusqué. Nous
sentîmes notre faute. Nous reprîmes avec plus
de détail ce qui nous était échappé. Trop
ardent, on est moins délicat [1]. On court à la
jouissance en confondant tous les délices qui
la précèdent : on arrache un nœud, on
déchire une gaze : partout la volupté marque
sa trace, et bientôt l'idole ressemble à la
victime [2].

Plus calmes, nous trouvâmes l'air plus pur,
plus frais [3]. Nous n'avions pas entendu que la
rivière, dont les flots baignent les murs du
pavillon, rompait le silence de la nuit par un
murmure doux qui semblait d'accord avec la
palpitation de nos cœurs. L'obscurité était
trop grande pour laisser distinguer aucun
objet ; mais à travers le crêpe transparent
d'une belle nuit d'été, notre imagination
faisait d'une île qui était devant notre pavillon un lieu enchanté [4]. La rivière nous paraissait couverte d'amours qui se jouaient dans
les flots. Jamais les forêts de Gnide [5] n'ont été
si peuplées d'amants, que nous en peuplions
l'autre rive. Il n'y avait pour nous dans la

nature que des couples heureux, et il n'y en avait point de plus heureux que nous. Nous aurions défié Psyché et l'Amour[1]. J'étais aussi jeune que lui ; je trouvais Mme de T... aussi charmante qu'elle. Plus abandonnée, elle me sembla plus ravissante encore. Chaque moment me livrait une beauté. Le flambeau de l'amour me l'éclairait pour les yeux de l'âme, et le plus sûr des sens confirmait mon bonheur. Quand la crainte est bannie, les caresses cherchent les caresses : elles s'appellent plus tendrement. On ne veut plus qu'une faveur soit ravie. Si l'on diffère, c'est raffinement. Le refus est timide, et n'est qu'un tendre soin. On désire, on ne voudrait pas : c'est l'hommage qui plaît... Le désir flatte... L'âme en est exaltée... On adore... On ne cédera point... On a cédé[2].

« Ah ! me dit-elle avec une voix céleste, sortons de ce dangereux séjour ; sans cesse les désirs s'y reproduisent, et l'on est sans force pour leur résister. » Elle m'entraîne.

Nous nous éloignons à regret ; elle tournait souvent la tête ; une flamme divine semblait briller sur le parvis. « Tu l'as consacré pour moi, me disait-elle. Qui saurait jamais y plaire comme toi ? Comme tu sais aimer ! Qu'elle est heureuse !

— Qui donc? m'écriai-je avec étonnement. Ah! si je dispense le bonheur, à quel être dans la nature pouvez-vous porter envie? »

Nous passâmes devant le banc de gazon, nous nous y arrêtâmes involontairement et avec une émotion muette. « Quel espace immense, me dit-elle, entre ce lieu-ci et le pavillon que nous venons de quitter! Mon âme est si pleine de mon bonheur, qu'à peine puis-je me rappeler d'avoir pu vous résister.

— Eh bien! lui dis-je, verrai-je se dissiper ici le charme dont mon imagination s'était remplie là-bas? Ce lieu me sera-t-il toujours fatal?

— En est-il qui puisse te l'être encore quand je suis avec toi?

— Oui, sans doute, puisque je suis aussi malheureux dans celui-ci que je viens d'être heureux dans l'autre. L'amour veut des gages multipliés : il croit n'avoir rien obtenu tant qu'il lui reste à obtenir.

— Encore... Non, je ne puis permettre... Non, jamais... » Et après un long silence : « Mais tu m'aimes donc bien! »

Je prie le lecteur de se souvenir que j'ai vingt ans. Cependant la conversation changea d'objet : elle devint moins sérieuse. On osa même plaisanter sur les plaisirs de l'amour, l'analyser, en séparer le moral[1], le réduire au simple, et prouver que les faveurs n'étaient que du plaisir ; qu'il n'y avait d'engagement (philosophiquement parlant) que ceux que l'on contractait avec le public, en lui laissant pénétrer nos secrets, et en commettant avec lui quelques indiscrétions. « Quelle nuit délicieuse, dit-elle, nous venons de passer par l'attrait seul de ce plaisir, notre guide et notre excuse[2] ! Si des raisons, je le suppose, nous forçaient à nous séparer demain, notre bonheur, ignoré de toute la nature, ne nous laisserait, par exemple, aucun lien à dénouer... quelques regrets, dont un souvenir agréable serait le dédommagement... Et puis, au fait, du plaisir[3], sans toutes les lenteurs, le tracas et la tyrannie des procédés. »

Nous sommes tellement *machines*[4] (et j'en rougis), qu'au lieu de toute la délicatesse qui me tourmentait avant la scène qui venait de se passer, j'étais au moins pour moitié dans la hardiesse de ces principes ; je les trouvais sublimes, et je me sentais déjà une disposition très prochaine à l'amour de la liberté.

« La belle nuit ! me disait-elle, les beaux lieux ! Il y a huit ans que je les avais quittés ;

mais ils n'ont rien perdu de leur charme ; ils viennent de reprendre pour moi tous ceux de la nouveauté ; nous n'oublierons jamais ce cabinet, n'est-il pas vrai ? Le château en recèle un plus charmant encore ; mais on ne peut rien vous montrer : vous êtes comme un enfant qui veut toucher à tout, et qui brise tout ce qu'il touche. » Un mouvement de curiosité, qui me surprit moi-même, me fit promettre de n'être que ce que l'on voudrait. Je protestai que j'étais devenu bien raisonnable. On changea de propos. « Cette nuit, dit-elle, me paraîtrait complètement agréable, si je ne me faisais un reproche. Je suis fâchée, vraiment fâchée de ce que je vous ai dit de la Comtesse. Ce n'est pas que je veuille me plaindre de vous. La nouveauté pique. Vous m'avez trouvée aimable, et j'aime à croire que vous étiez de bonne foi ; mais l'empire de l'habitude est si long à détruire, que je sens moi-même que je n'ai pas ce qu'il faut pour en venir à bout. J'ai d'ailleurs épuisé tout ce que le cœur a de ressources pour enchaîner. Que pourriez-vous espérer maintenant près de moi ? Que pourriez-vous désirer ? Et que devient-on avec une femme, sans le désir et l'espérance ! Je vous ai tout prodigué : à peine peut-être me pardonnerez-vous un jour des plaisirs qui, après le moment de l'ivresse, vous abandonnent à la sévérité des réflexions. À propos, dites-moi donc, comment avez-vous trouvé mon mari ? Assez maussade, n'est-il pas vrai ? Le régime n'est point aimable. Je ne crois pas qu'il vous ait vu de sang-froid. Notre amitié lui deviendrait suspecte. Il faudra ne pas prolonger ce premier voyage : il prendrait de l'humeur. Dès qu'il viendra du monde (et sans doute il en viendra)... D'ailleurs vous avez aussi vos ménagements à garder... Vous vous souvenez de l'air de Monsieur, hier en nous quittant ?... » Elle vit l'impression que me faisaient ces dernières paroles, et ajouta tout de suite : « Il était plus gai lorsqu'il fit arranger avec tant de recherche le cabinet dont je vous parlais tout à l'heure. C'était avant mon mariage. Il tient à mon appartement. Il n'a jamais été pour moi qu'un témoignage... des ressources artificielles dont M. de T... avait besoin pour fortifier son sentiment, et du peu de ressort que je donnais à son âme[1]. »

C'est ainsi que par intervalle elle excitait ma curiosité sur ce cabinet. « Il tient à votre appartement, lui dis-je ; quel plaisir d'y venger vos attraits offensés ! de leur y restituer les vols qu'on leur a faits ! » On trouva ceci d'un

meilleur ton. « Ah ! lui dis-je, si j'étais choisi
pour être le héros de cette vengeance, si le
goût du moment pouvait faire oublier et
réparer les langueurs de l'habitude...

— Si vous me promettiez d'être sage »,
dit-elle en m'interrompant.

Il faut l'avouer, je ne sentais pas toute la
ferveur, toute la dévotion qu'il fallait pour
visiter ce nouveau temple ; mais j'avais beaucoup de curiosité : ce n'était plus Mme de T...
que je désirais, c'était le cabinet.

Nous étions rentrés. Les lampes des escaliers et des corridors étaient éteintes ; nous
errions dans un dédale. La maîtresse même
du château en avait oublié les issues ; enfin
nous arrivâmes à la porte de son appartement, de cet appartement qui refermait ce
réduit si vanté. « Qu'allez-vous faire de moi ?
lui dis-je ; que voulez-vous que je devienne ?
me renverrez-vous seul ainsi dans l'obscurité ? m'exposerez-vous à faire du bruit, à
nous déceler, à nous trahir, à vous perdre ? »
Cette raison lui parut sans réplique. « Vous
me promettez donc...

— Tout... tout au monde. »

On reçut mon serment. Nous ouvrîmes
doucement la porte : nous trouvâmes deux
femmes endormies ; l'une jeune, l'autre plus

âgée. Cette dernière était celle de confiance, ce fut elle qu'on éveilla. On lui parla à l'oreille. Bientôt je la vis sortir par une porte secrète, artistement fabriquée dans un lambris de la boiserie. J'offris de remplir l'office de la femme qui dormait. On accepta mes services, on se débarrassa de tout ornement superflu. Un simple ruban retenait tous les cheveux, qui s'échappaient en boucles flottantes ; on y ajouta seulement une rose que j'avais cueillie dans le jardin, et que je tenais encore par distraction : une robe ouverte remplaça tous les autres ajustements. Il n'y avait pas un nœud à toute cette parure ; je trouvai madame de T... plus belle que jamais. Un peu de fatigue avait appesanti ses paupières, et donnait à ses regards une langueur plus intéressante, une expression plus douce. Le coloris de ses lèvres, plus vif que de coutume, relevait l'émail de ses dents, et rendait son sourire plus voluptueux ; des rougeurs éparses çà et là relevaient la blancheur de son teint et en attestaient la finesse. Ces traces du plaisir m'en rappelaient la jouissance. Enfin elle me parut plus séduisante encore que mon imagination ne se l'était peinte dans nos plus doux moments. Le lambris s'ouvrit de nouveau, et la discrète confidente disparut.

Près d'entrer, on m'arrêta : « Souvenez-vous, me dit-on gravement, que vous serez censé n'avoir jamais vu, ni même soupçonné l'asile où vous allez être introduit. Point d'étourderie ; je suis tranquille sur le reste. » La discrétion est la première des vertus ; on lui doit bien des instants de bonheur.

Tout cela avait l'air d'une initiation. On me fit traverser un petit corridor obscur, en me conduisant par la main. Mon cœur palpitait comme celui d'un jeune prosélyte que l'on éprouve avant la célébration des grands mystères... « Mais votre Comtesse », me dit-elle en s'arrêtant... J'allais répliquer ; les portes s'ouvrirent : l'admiration intercepta ma réponse. Je fus étonné, ravi, je ne sais plus ce que je devins, et je commençai de bonne foi à croire à l'enchantement. La porte se referma, et je ne distinguai plus par où j'étais entré. Je ne vis plus qu'un bosquet aérien qui, sans issue, semblait ne tenir et ne porter sur rien ; enfin je me trouvai dans une vaste cage de glaces, sur lesquelles les objets étaient si artistement peints que, répétés, ils produisaient l'illusion de tout ce qu'ils représentaient. On ne voyait intérieurement aucune lumière ; une lueur douce et céleste pénétrait, selon le besoin que chaque objet avait d'être

plus ou moins aperçu ; des cassolettes exhalaient de délicieux parfums ; des chiffres et
des trophées dérobaient aux yeux la flamme
des lampes qui éclairaient d'une manière
magique ce lieu de délices. Le côté par où
nous entrâmes représentait des portiques en
treillage ornés de fleurs, et des berceaux dans
chaque enfoncement ; d'un autre côté, on
voyait la statue de l'Amour distribuant des
couronnes ; devant cette statue était un autel,
sur lequel brillait une flamme ; au bas de cet
autel étaient une coupe, des couronnes, et des
guirlandes ; un temple d'une architecture
légère achevait d'orner ce côté : vis-à-vis était
une grotte sombre ; le dieu du mystère veillait
à l'entrée : le parquet, couvert d'un tapis
*pluché*[1], imitait le gazon. Au plafond, des
génies suspendaient des guirlandes ; et du
côté qui répondait aux portiques était un dais
sous lequel s'accumulait une quantité de
carreaux[2] avec un baldaquin soutenu par des
amours.

Ce fut là que la reine de ce lieu alla se jeter
nonchalamment. Je tombai à ses pieds ; elle
se pencha vers moi, elle me tendit les bras, et
dans l'instant, grâce à ce groupe répété dans
tous ses aspects, je vis cette île toute peuplée
d'amants heureux.

Les désirs se reproduisent par leurs images.
« Laisserez-vous, lui dis-je, ma tête sans
couronne ? si près du trône, pourrai-je éprouver des rigueurs ? pourriez-vous y prononcer
un refus ?

— Et vos serments ? me répondit-elle en se
levant.

— J'étais un mortel quand je les fis, vous
m'avez fait un dieu : vous adorer, voilà mon
seul serment.

— Venez, me dit-elle, l'ombre du mystère
doit cacher ma faiblesse, venez... »
En même temps elle s'approcha de la
grotte. À peine en avions-nous franchi
l'entrée, que je ne sais quel ressort, adroitement ménagé, nous entraîna. Portés par le
même mouvement, nous tombâmes mollement renversés sur un monceau de coussins.
L'obscurité régnait avec le silence dans ce
nouveau sanctuaire. Nos soupirs nous tinrent
lieu de langage. Plus tendres, plus multipliés,
plus ardents, ils étaient les interprètes de nos
sensations, ils en marquaient les degrés ; et le
dernier de tous, quelque temps suspendu,
nous avertit que nous devions rendre grâce à
l'Amour. Elle prit une couronne qu'elle posa
sur ma tête, et soulevant à peine ses beaux
yeux humides de volupté[1], elle me dit : « Eh

bien ! aimerez-vous jamais la Comtesse autant que moi ? » J'allais répondre lorsque la confidente, en entrant précipitamment, me dit : « Sortez bien vite, il fait grand jour, on entend déjà du bruit dans le château. »

Tout s'évanouit avec la même rapidité que le réveil détruit un songe, et je me trouvai dans le corridor avant d'avoir pu reprendre mes sens. Je voulais regagner mon appartement ; mais où l'aller chercher ? Toute information me dénonçait, toute méprise était une indiscrétion. Le parti le plus prudent me parut de descendre dans le jardin, où je résolus de rester jusqu'à ce que je pusse rentrer avec vraisemblance d'une promenade du matin.

La fraîcheur et l'air pur de ce moment calmèrent par degrés mon imagination et en chassèrent le merveilleux. Au lieu d'une nature enchantée, je ne vis qu'une nature naïve. Je sentais la vérité rentrer dans mon âme, mes pensées naître sans trouble et se suivre avec ordre ; je respirais enfin. Je n'eus rien de plus pressé alors que de me demander si j'étais l'amant de celle que je venais de quitter [1], et je fus bien surpris de ne savoir que me répondre. Qui m'eût dit hier à l'Opéra que je pourrais me faire une telle question? moi qui croyais savoir qu'elle aimait éperdument, et depuis deux ans, le Marquis de..., moi qui me croyais tellement épris de la Comtesse, qu'il devait m'être impossible de lui devenir infidèle! Quoi! hier! Mme de T... Est-il bien vrai? aurait-elle rompu avec le Marquis? m'a-t-elle pris pour lui succéder, ou seulement pour le punir? Quelle aventure! quelle nuit! Je ne savais si je ne rêvais pas encore; je doutais, puis j'étais persuadé, convaincu, et puis je ne croyais plus rien. Tandis que je flottais dans ces incertitudes, j'entendis du bruit près de moi : je levai les yeux, me les frottai, je ne pouvais croire... c'était... qui...? le Marquis. « Tu ne m'attendais pas si matin, n'est-il pas vrai? Eh bien! comment cela s'est-il passé?

— Tu savais donc que j'étais ici? lui demandai-je.

— Oui, vraiment : on me le fit dire hier au moment de votre départ. As-tu bien joué ton personnage? le mari a-t-il trouvé ton arrivée bien ridicule? quand te renvoie-t-on? J'ai pourvu à tout; je t'amène une bonne chaise qui sera à tes ordres : c'est à charge d'autant. Il fallait un écuyer à Mme de T..., tu lui en as servi, tu l'as amusée sur la route; c'est tout ce qu'elle voulait; et ma reconnaissance...

— Oh! non, non, je sers avec générosité; et dans cette occasion, Mme de T... pourrait te dire que j'y ai mis un zèle au-dessus des pouvoirs de la reconnaissance. »

Il venait de débrouiller le mystère de la veille, et de me donner la clef du reste. Je sentis dans l'instant mon nouveau rôle. Chaque mot était en situation. « Pourquoi venir sitôt? dis-je. Il me semble qu'il eût été plus prudent [1]...

— Tout est prévu; c'est le hasard qui semble me conduire ici : je suis censé revenir d'une campagne voisine. Mme de T... ne t'a donc pas mis au fait? Je lui veux du mal de ce défaut de confiance, après ce que tu faisais pour nous.

— Elle avait sans doute ses raisons; et peut-être si elle eût parlé n'aurais-je pas si bien joué mon personnage.

— Cela, mon cher, a donc été bien plaisant? Conte-moi les détails... conte donc.

— Ah!... Un moment. Je ne savais pas que tout ceci était une comédie; et, bien que je sois pour quelque chose dans la pièce...

— Tu n'avais pas le beau rôle.

— Va, va, rassure-toi; il n'y a point de mauvais rôle pour de bons acteurs.

— J'entends; tu t'en es bien tiré.

— Merveilleusement [1].

— Et Mme de T...?

— Sublime [2]. Elle a tous les genres.

— Conçois-tu qu'on ait pu fixer cette femme-là ? Cela m'a donné de la peine ; mais j'ai amené son caractère au point que c'est peut-être la femme de Paris sur la fidélité de laquelle il y a le plus à compter.

— Fort bien !

— C'est mon talent, à moi : toute son inconstance n'était que frivolité, dérèglement d'imagination : il fallait s'emparer de cette âme-là.

— C'est le bon parti.

— N'est-il pas vrai ? Tu n'as pas d'idée de son attachement pour moi. Au fait, elle est charmante ; tu en conviendras. Entre nous, je ne lui connais qu'un défaut ; c'est que la nature, en lui donnant tout, lui a refusé cette flamme divine qui met le comble à tous ses bienfaits. Elle fait tout naître, tout sentir, et elle n'éprouve rien : c'est un marbre.

— Il faut t'en croire, car moi, je ne puis... Mais sais-tu que tu connais cette femme-là comme si tu étais son mari : vraiment, c'est à s'y tromper ; et si je n'eusse pas soupé hier avec le véritable...

— À propos, a-t-il été bien bon ?

— Jamais on n'a été plus mari que cela[1].

— Oh! la bonne aventure! Mais tu n'en ris pas assez, à mon gré. Tu ne sens donc pas tout le comique de ton rôle? Conviens que le théâtre du monde offre des choses bien étranges; qu'il s'y passe des scènes bien divertissantes. Rentrons; j'ai de l'impatience d'en rire avec Mme de T... Il doit faire jour chez elle. J'ai dit que j'arriverais de bonne heure. Décemment il faudrait commencer par le mari. Viens chez toi, je veux remettre un peu de poudre. On t'a donc bien pris pour un amant?

— Tu jugeras de mes succès par la réception qu'on va me faire. Il est neuf heures : allons de ce pas chez Monsieur. » Je voulais éviter mon appartement[2], et pour cause. Chemin faisant, le hasard m'y amena : la porte, restée ouverte, nous laissa voir mon valet de chambre qui dormait dans un fauteuil; une bougie expirait près de lui. En s'éveillant au bruit, il présenta étourdiment ma robe de chambre au Marquis, en lui faisant quelques reproches sur l'heure à laquelle il rentrait. J'étais sur les épines; mais le Marquis était si disposé à s'abuser, qu'il ne vit rien en lui qu'un rêveur qui lui apprêtait à rire. Je donnai mes ordres pour mon départ à

mon homme, qui ne savait ce que tout cela
voulait dire, et nous passâmes chez Monsieur. On s'imagine bien qui fut accueilli : ce
ne fut pas moi ; c'était dans l'ordre. On fit à
mon ami les plus grandes instances pour
s'arrêter. On voulut le conduire chez
Madame, dans l'espérance qu'elle le déterminerait. Quant à moi, on n'osait, disait-on, me
faire la même proposition, car on me trouvait
trop abattu pour douter que l'air du pays ne
me fût pas vraiment funeste[1]. En conséquence, on me conseilla de regagner la ville.
Le Marquis m'offrit sa chaise ; je l'acceptai.
Tout allait à merveille, et nous étions tous
contents. Je voulais cependant voir encore
Mme de T... : c'était une jouissance que je ne
pouvais me refuser. Mon impatience était
partagée par mon ami, qui ne concevait rien à
ce sommeil, et qui était bien loin d'en pénétrer la cause. Il me dit en sortant de chez
M. de T... : « Cela n'est-il pas admirable ?
Quand on lui aurait communiqué ses répliques, aurait-il pu mieux dire ? Au vrai, c'est
un fort galant homme ; et, tout bien considéré, je suis très aise de ce raccommodement.
Cela fera une bonne maison ; et tu conviendras que, pour en faire les honneurs, il ne
pouvait mieux choisir que sa femme. » Per-

sonne n'était plus que moi pénétré de cette
vérité. « Quelque plaisant que soit cela, mon
cher, *motus* ; le mystère devient plus essentiel
que jamais. Je saurai faire entendre à Mme
de T... que son secret ne saurait être en de
meilleures mains.

— Crois, mon ami, qu'elle compte sur
moi ; et tu le vois, son sommeil n'en est point
troublé.

— Oh ! il faut convenir que tu n'as pas ton
second pour endormir une femme.

— Et un mari, mon cher, un amant même
au besoin. » On avertit enfin qu'on pouvait
entrer chez Mme de T... : nous nous y
rendîmes.

« Je vous annonce, Madame, dit en entrant
notre causeur, vos deux meilleurs amis.

— Je tremblais, me dit Mme de T..., que
vous ne fussiez parti avant mon réveil, et je
vous sais gré d'avoir senti le chagrin que cela
m'aurait donné. » Elle nous examinait l'un et
l'autre [1] ; mais elle fut bientôt rassurée par la
sécurité du Marquis, qui continua de me
plaisanter. Elle en rit avec moi [2] autant qu'il
le fallait pour me consoler, et sans se dégrader
à mes yeux. Elle adressa à l'autre des propos
tendres, à moi d'honnêtes et *décents* ; badina,
et ne plaisanta point. « Madame, dit le

Marquis, il a fini son rôle aussi bien qu'il
l'avait commencé. » Elle répondit gravement : « J'étais sûre du succès de tous ceux
que l'on confierait à Monsieur. » Il lui
raconta ce qui venait de se passer chez son
mari. Elle me regarda, m'approuva, et ne rit
point. « Pour moi, dit le Marquis, qui avait
juré de ne plus finir, je suis enchanté de tout
ceci : c'est un ami que nous nous sommes fait,
Madame. Je te le répète encore, notre reconnaissance...

— Eh ! Monsieur, dit Mme de T..., brisons
là-dessus, et croyez que je sens tout ce que je
dois à Monsieur. »

On annonça M. de T..., et nous nous
trouvâmes tous en situation. M. de T...
m'avait persiflé et me renvoyait, mon ami le
dupait et se moquait de moi ; je le lui rendais,
tout en admirant Mme de T..., qui nous
jouait tous, sans rien perdre de la dignité de
son caractère.

Après avoir joui quelques instants de cette
scène, je sentis que celui de mon départ était
arrivé. Je me retirais, Mme de T... me suivit,
feignant de vouloir me donner une commission. « Adieu, Monsieur ; je vous dois bien
des plaisirs ; mais je vous ai payé d'un beau
rêve [1]. Dans ce moment, votre amour vous

rappelle ; celle qui en est l'objet en est digne.
Si je lui ai dérobé quelques transports, je vous
rends à elle, plus tendre, plus délicat, et plus
sensible.

» Adieu, encore une fois. Vous êtes charmant... Ne me brouillez pas avec la Comtesse. » Elle me serra la main, et me quitta.

Je montai dans la voiture qui m'attendait.
Je cherchai bien la morale de toute cette
aventure, et... je n'en trouvai point.

# Point
# de lendemain

CONTE

*(version de 1777)*

*La narration de ce conte m'a paru piquante, spirituelle et originale. Le fond d'ailleurs en est vrai, et il est bon, pour l'histoire des mœurs, de faire contraster quelquefois avec les femmes intéressantes dont ce siècle s'honore, celles qui s'y distinguent par l'aisance de leurs principes[1], la folie de leurs idées et la bizarrerie de leurs caprices[2].*

La comtesse de *** me prit sans m'aimer, continua Damon : elle me trompa. Je me fâchai, elle me quitta : cela était dans l'ordre. Je l'aimais alors, et, pour me venger mieux, j'eus le caprice de la *ravoir*[1], quand, à mon tour, je ne l'aimai plus. J'y réussis, et lui tournai la tête : c'est ce que je demandais. Elle était amie de Mme de T... qui me lorgnait depuis quelque temps, et semblait avoir de grands desseins sur ma personne. Elle y mettait de la suite, se trouvait partout où j'étais, et menaçait de m'aimer à la folie, sans cependant que cela prît sur sa dignité et sur son goût pour les décences ; car, comme on le verra, elle y était scrupuleusement attachée.

Un jour que j'allais attendre la Comtesse dans sa loge à l'Opéra, j'arrivai de si bonne heure, que j'en avais honte : on n'avait pas commencé. À peine entrais-je, je m'entends appeler de la loge d'à côté. N'était-ce pas encore la décente Mme de T... ? « Quoi ! déjà, me dit-on, quel désœuvre-

ment! Venez donc près de moi. » J'étais loin de
m'attendre à tout ce que cette rencontre allait
avoir de romanesque et d'extraordinaire. On va
vite avec l'imagination des femmes; et dans ce
moment, celle de Mme de T... fut singulièrement
inspirée. « Il faut, me dit-elle, que je vous sauve
du ridicule d'une pareille solitude; il faut... l'idée
est excellente; et, puisque vous voilà, rien de plus
simple que d'en passer ma fantaisie. Il semble
qu'une main divine vous ait conduit ici. Auriez-
vous par hasard des projets pour ce soir? Ils
seraient vains, je vous en avertis : je vous enlève.
Laissez-vous conduire, point de question, point
de résistance... Abandonnez-vous à la Provi-
dence; appelez mes gens. Vous êtes un homme
*unique, délicieux.* » Je me prosterne... On me presse
de descendre, j'obéis. J'appelle, on arrive. « Allez
chez Monsieur, dit-on à un domestique; avertissez qu'il ne rentrera point ce soir... » Puis on lui
parle à l'oreille, et on le congédie. Je veux
hasarder quelques mots; l'opéra commence, on
me fait taire : on écoute, ou l'on fait semblant
d'écouter. À peine le premier acte est-il fini, qu'on
apporte un billet à Mme de T... en lui disant que
tout est prêt. Elle sourit, me demande la main,
descend, me fait entrer dans sa voiture, donne ses
ordres, et je suis déjà hors de la ville, avant
d'avoir pu m'informer de ce qu'on voulait faire de
moi.

Chaque fois que je hasardais une question, on

répondait par un éclat de rire. Si je n'avais bien su qu'elle était femme à grande passion, et que dans l'instant même elle avait une inclination bien reconnue, inclination dont elle ne pouvait ignorer que je fusse instruit, j'aurais été tenté de me croire en bonne fortune : elle était également instruite de la situation de mon cœur ; car la Comtesse de ... était, comme je l'ai déjà dit, l'amie intime de Mme de T... Je me défendis donc toute idée présomptueuse, et j'attendis les événements. Nous relayâmes et repartîmes comme l'éclair. Cela commençait à me paraître plus sérieux. Je demandai avec plus d'instance jusqu'où me mènerait cette plaisanterie. « Elle vous mènera dans un très beau séjour ; mais devinez où : je vous le donne en mille... Chez mon mari. Le connaissez-vous ?

— Pas du tout.

— Eh bien, moi, je le connais un peu ; et je crois que vous en serez content : on nous réconcilie. Il y a six mois que cela s'arrange, et il y en a un que nous nous écrivons. Il est, je pense, assez galant à moi d'aller le trouver.

— Oui ; mais, s'il vous plaît, que ferai-je là, moi ? À quoi puis-je être bon ?

— Ce sont mes affaires. J'ai craint l'ennui d'un tête-à-tête ; vous êtes aimable, et je suis bien aise de vous avoir.

— Prendre le jour d'un raccommodement pour me présenter ! cela me paraît bizarre. Vous me feriez croire que je suis sans conséquence[1], si à vingt-cinq ans on pouvait l'être. Ajoutez à cela l'air d'embarras qu'on apporte à une première entrevue. En vérité, je ne vois rien de plaisant pour tous les trois à la démarche où vous vous engagez.

— Ah, point de morale, je vous en conjure ; vous manquez l'objet de votre emploi. Il faut m'amuser, me distraire, et non me prêcher. »

Je la vis si décidée, que je pris le parti de l'être tout au moins autant qu'elle. Je me mis à rire de mon personnage. Nous devînmes très gais, et je finis par trouver qu'elle avait raison.

Nous avions changé une seconde fois de chevaux. Le flambeau mystérieux de la nuit éclairait un ciel pur d'un demi-jour très voluptueux. Nous approchions du lieu où allait finir le tête-à-tête. On me faisait, par intervalles, admirer la beauté du paysage, le calme de la nuit, le silence touchant de la nature. Pour admirer ensemble, comme de raison, nous nous penchions à la même portière ; le mouvement de la voiture faisait que le visage de Mme de T... et le mien s'entretouchaient[2]. Dans un choc imprévu, elle me serra la main ; et moi, par le plus grand hasard du monde, je la retins entre mes bras[3]. Dans cette attitude, je ne sais ce que nous cherchions à voir. Ce qu'il y a de sûr, c'est que les objets commençaient à se brouiller à mes yeux, lorsqu'on se débarrassa[4] de moi brusquement, et qu'on se rejeta au fond du carrosse[1]. « Votre projet, dit-elle, après une rêve-rie assez profonde, est-il de me convaincre de l'imprudence de ma démarche ? » Je fus embarrassé de la question. « Des projets... avec vous... quelle duperie ! Vous les verriez venir de trop loin : mais un hasard, une surprise... cela se pardonne[2].

— Vous avez compté là-dessus, à ce qu'il me semble ? »

Nous en étions là sans presque nous apercevoir que nous entrions dans l'avant-cour du château. Tout était éclairé, tout annonçait la joie, excepté la figure du maître, qui était rétive à l'exprimer. Un air languissant ne montrait en lui le besoin d'une réconciliation que pour des raisons de famille. La bienséance l'amena cependant jusqu'à la portière. On me présente, il offre la main, et je suis, en rêvant à mon personnage passé, présent et à venir[3]. Je parcours des salons décorés avec autant de goût que de magnificence ; car le maître de la maison raffinait sur toutes les recherches de luxe. Il s'étudiait à ranimer les ressources d'un *physique éteint*, par des images de volupté[4]. Ne sachant que dire, je me sauvai par l'admiration. La déesse s'empresse de faire les honneurs du temple, et d'en recevoir les compliments. « Vous ne voyez rien, me dit-elle, il faut que je vous mène à l'appartement de Monsieur.

— Eh ! Madame, il y a cinq ans que je l'ai fait défaire.

— Ah! ah!» dit-elle, en songeant à autre chose.

Je pensai éclater de rire, en la voyant si bien au courant de ce qui se passait chez elle. À souper, ne voilà-t-il pas qu'elle s'avise encore d'offrir à Monsieur du veau de rivière, et que Monsieur lui répond : « Madame, il y a trois ans que je suis au lait.

— Ah! ah!» répondit-elle encore.

Qu'on se peigne une conversation entre trois êtres, si étonnés de se trouver ensemble!

Le souper finit. J'imaginais que nous nous coucherions de bonne heure; mais je n'imaginais bien que pour le mari. En rentrant dans le salon : « Je vous sais gré, Madame, dit-il, de la précaution que vous avez eue d'amener Monsieur. Vous avez jugé que j'étais de méchante ressource pour la veillée, et vous avez bien jugé; car je me retire. » Puis, se tournant de mon côté, d'un air assez ironique : « Monsieur voudra bien me pardonner, et se charger de faire ma paix avec Madame. » Alors il nous quitta.

Nous nous regardâmes, et pour se distraire des idées que cette retraite occasionnait, Mme de T... me proposa de faire un tour sur la terrasse, en attendant que les gens eussent soupé[1]. La nuit était superbe; elle laissait entrevoir les objets, et semblait ne les voiler que pour donner plus d'essor à l'imagination. Le château, ainsi que les jardins, appuyés contre une montagne, descendaient en terrasse jusque sur les rives de la Seine, qui les bornait par son cours, dont les sinuosités multipliées formaient de petites îles agrestes et pittoresques, qui variaient les tableaux et augmentaient le charme du lieu.

Ce fut sur la plus longue de ces terrasses que nous nous promenâmes d'abord : elle était couverte d'arbres épais. On s'était remis de l'espèce de persiflage qu'on venait d'essuyer ; et tout en se promenant, on me fit quelques confidences ; j'en faisais à mon tour, et elles devenaient, par degrés, plus intimes, plus intéressantes. Il y avait longtemps que nous marchions. Elle m'avait d'abord donné son bras [1], ensuite ce bras s'était entrelacé, je ne sais comment, tandis que le mien la soulevait et l'empêchait presque de poser à terre [2]. L'attitude était agréable, mais fatigante à la longue, et nous avions encore bien des choses à nous dire. Un banc de gazon se présente ; on s'y assied sans changer d'attitude. Ce fut dans cette position que nous commençâmes à faire l'éloge de la confiance, de son charme et de ses douceurs. « Eh, me dit-elle, qui peut en jouir mieux que nous, surtout avec moins d'effroi ? Je sais trop combien vous tenez au lien que je vous connais, pour avoir rien à redouter auprès de vous. » Peut-être voulait-elle être contrariée ; je n'en fis rien [3]. Nous nous persuadâmes donc mutuellement qu'il était comme impossible que nous pussions jamais nous être autre chose que ce que nous nous étions

alors[1]. « J'appréhendais cependant que la surprise de tantôt n'eût effrayé votre esprit.

— Oh! je ne m'alarme pas si aisément.

— Je crains cependant qu'elle ne vous ait
laissé quelques nuages[2].

— Que faut-il donc pour vous rassurer?

— Vous le pouvez.

— Eh! comment?

— Vous ne devinez pas?

— Mais je souhaite d'être éclaircie.

— J'ai besoin d'être sûr que vous me pardon-
niez.

— Pour cela, que faut-il?

— M'accorder franchement, à l'heure même,
ce baiser surpris tantôt par le hasard, et qui a
paru vous effaroucher.

— Que ne parliez-vous : je le veux bien;
vous seriez trop fier, si je le refusais. Votre
amour-propre vous ferait croire que je vous
crains. »

On voulut prévenir mes illusions; j'eus le
baiser[3].

Il en est des baisers comme des confidences,
ils s'attirent[4]. En effet, le premier ne fut pas
plutôt donné, qu'un second le suivit, puis un
autre[5]; ils se pressaient, ils entrecoupaient la
conversation, ils la remplaçaient; à peine enfin
laissaient-ils aux soupirs la liberté de s'échapper[6]. Le silence vint, on l'entendit (car on
entend quelquefois le silence) : il effraya. Nous

nous levâmes sans mot dire, et recommençâmes à marcher [1]. « Il faut rentrer, dit-elle ; l'air du soir ne nous vaut rien.

— Je le crois moins dangereux pour vous, lui répondis-je [2].

— Oui... je suis moins susceptible qu'une autre ; mais, n'importe, rentrons.

— C'est par égard pour moi, sans doute... Vous... vous voulez me défendre contre le danger des impressions d'une telle promenade, et des suites fatales qu'elle pourrait avoir pour moi seul ?

— C'est donner beaucoup de délicatesse à mes motifs. Je le veux bien comme cela... Mais rentrons, je l'exige. » (Propos gauches qu'il faut passer à deux êtres qui s'efforcent de prononcer, tant bien que mal, tout autre chose que ce qu'ils ont à dire.) Elle me força à reprendre le chemin du château.

Je ne sais, je ne savais du moins si ce parti était une violence qu'elle se faisait, si c'était une résolution bien décidée, ou si elle partageait le chagrin que j'avais de voir terminer ainsi une scène aussi agréablement commencée ; mais, par un mutuel instinct, nos pas se ralentissaient, et nous cheminions tristement, mécontents l'un de l'autre et de nous-mêmes. Nous ne savions ni à qui, ni à quoi nous en prendre. Nous n'étions ni l'un ni l'autre en droit de rien exiger, de rien demander : nous n'avions pas seulement la ressource d'un reproche. De sorte que tous nos sentiments restaient renfermés et contraints au fond de nos cœurs. Qu'une querelle m'aurait soulagé! mais où la prendre? Cependant nous approchions, occupés en silence de nous soustraire au devoir que nous nous étions imposé si maladroitement[1].

Nous étions à la porte fatale, lorsque enfin Mme de T... parla: «Je ne suis guère contente de vous... Après la confiance que je vous ai montrée, il est mal à vous de ne m'en accorder aucune. Voyez si, depuis que nous sommes ensemble, vous m'avez dit un mot de la Comtesse. Il est pourtant si doux de parler de ce qu'on aime! et vous ne pouvez douter que je ne vous eusse écouté avec intérêt. C'était bien le moins que j'eusse pour vous cette complaisance, après avoir risqué de vous priver d'elle.

— N'ai-je pas le même reproche à vous faire, et n'auriez-vous point paré à bien des choses, si, au lieu de me rendre confident d'une réconciliation avec un mari, vous m'aviez parlé d'un choix plus convenable, d'un choix?

— Damon... Je vous arrête... songez[2] qu'un soupçon seul nous blesse. Pour peu que vous connaissiez les femmes, vous savez qu'il faut les attendre sur les confidences... Revenons: où en êtes-vous avec la Comtesse? Vous rend-on bien heureux? Ah! je crains le contraire:

cela m'afflige ; je m'intéresse si tendrement à vous ! Oui, Monsieur, je m'y intéresse... plus que vous ne pensez peut-être.

— Eh ! pourquoi donc, Madame, vouloir croire avec le public ce qu'il s'amuse à grossir, à circonstancier, l'inimitié de la Comtesse avec moi ?

— Épargnez-vous la feinte ; je sais sur votre compte tout ce que l'on peut savoir. La Comtesse est moins mystérieuse que vous. Les femmes de son genre sont prodigues des secrets de leurs adorateurs, surtout lorsqu'une tournure discrète comme la vôtre pourrait leur dérober leurs triomphes. Je suis loin de l'accuser de coquetterie ; mais une prude n'a pas moins de vanité qu'une coquette. Parlez-moi franchement : n'êtes-vous pas souvent la victime de ce genre de caractère ? Parlez, parlez.

— Mais, Madame, vous vouliez rentrer... et l'air...

— Il a changé. »

Elle avait repris mon bras, et nous recommencions à marcher, sans que je m'aperçusse de la route que nous prenions. Ce qu'elle venait de me dire de l'amant que je lui connaissais, ce qu'elle me disait de la maîtresse qu'elle me savait, ce voyage, la scène du carrosse, celle du banc de gazon, la situation, l'heure, tout cela me troublait [1] ; j'étais tour à tour emporté par l'amour-propre ou les désirs, et ramené par la réflexion.

J'étais d'ailleurs trop ému pour me faire un plan,
et prendre de certaines résolutions. Tandis que
j'étais en proie à des mouvements si étranges[1],
elle avait toujours continué de parler, et toujours
de la Comtesse ; et mon silence avait paru confirmer tout ce qu'il lui plaisait d'en dire. Quelques
traits qui lui échappèrent me firent pourtant
revenir à moi[2].

« Comme elle est fine, disait-elle, qu'elle a de
grâces ! Une perfidie entre ses mains prend l'air
d'une gaieté. Une infidélité paraît un effort de
raison, un sacrifice à la décence. Point d'abandon,
toujours aimable, rarement tendre, et jamais
vraie, galante par caractère, prude par système,
vive, prudente, adroite, étourdie, sensible,
savante, coquette et philosophe, c'est un Protée
pour les formes, c'est une grâce pour les
manières ; elle attire, elle échappe. Combien je lui
ai vu faire de personnages ! Entre nous, que de
dupes l'environnent ! Comme elle s'est moquée du
Baron !... Que de tours elle a joués au Marquis !
Lorsqu'elle vous prit c'était pour distraire deux
rivaux trop imprudents, et qui étaient sur le point
de faire un éclat. Elle les avait trop ménagés, ils
avaient eu le temps de l'observer ; ils auraient fini
par la convaincre. Mais elle vous mit en scène, les
occupa de vos soins, les amena à des recherches
nouvelles, vous désespéra, vous plaignit, vous
consola, et vous fûtes contents tous quatre. Ah !
qu'une femme adroite a d'empire sur vous ! Eh !

qu'elle est heureuse lorsqu'à ce jeu-là elle affecte tout, et n'y met jamais du sien! » Madame de T... accompagna cette dernière phrase d'un soupir très intelligent, et fait pour être décisif. C'était le coup de maître.

Je sentis qu'on venait de m'ôter un bandeau de dessus les yeux, et ne vis point celui qu'on y mettait[1]. Je fus frappé de la vérité du portrait. Mon amante me parut la plus fausse de toutes les femmes, et je crus tenir l'être sensible. Je soupirai aussi, sans savoir à qui s'adressait ce soupir, sans démêler si le regret ou l'espoir l'avait causé. On parut fâchée de m'avoir affligé, et de s'être laissée emporter trop loin dans une peinture qui pouvait paraître suspecte, étant faite par une femme.

Je ne concevais rien à tout ce que j'entendais. Nous suivions, sans nous en douter, la grande route du sentiment[2], et la reprenions de si haut, qu'il était impossible d'entrevoir le terme du voyage. Après beaucoup d'écarts, presque méthodiques, on me fit apercevoir, au bout d'une terrasse, un pavillon qui avait été le témoin des plus doux moments. On me détaillait sa situation, son ameublement. Quel dommage de n'en avoir pas la clef! Tout en causant, nous approchions. Il se trouva ouvert; il ne lui manquait plus que la clarté du jour. Mais l'obscurité pouvait aussi lui prêter quelques charmes. D'ailleurs, je savais combien était charmant l'objet qui devait l'embellir.

Nous frémîmes en entrant : c'était un sanctuaire, et c'était celui de l'amour ! Il s'empara de
nous, nos genoux fléchirent. Il ne nous resta de
force que celle que donne ce dieu. Nos bras
défaillants s'enlacèrent, et nous allâmes tomber,
sans le moindre projet, sur un canapé qui occupait une partie du temple. La lune se couchait, et
le dernier de ses rayons emporta bientôt le voile
d'une pudeur qui, je crois, devenait importune.
Tout se confondait dans les ténèbres. La main qui
voulait me repousser sentait battre mon cœur ; on
voulait me fuir, on retombait plus attendrie. Nos
âmes se rencontraient, se multipliaient ; il en
naissait une de chacun de nos baisers [1]... Quand
l'ivresse de nos sens nous eut rendus à nous-
mêmes, nous ne pouvions retrouver l'usage de la
voix, et nous nous entretenions dans le silence par
le langage de la pensée. Elle se réfugiait dans mes
bras, cachait sa tête dans mon sein [2], soupirait et
se calmait à mes caresses [3] ; elle s'affligeait, se
consolait et demandait de l'amour pour tout ce
que l'amour [4] venait de lui ravir.

Cet amour, qui l'effrayait dans un autre instant, la rassurait dans celui-ci. Si d'un côté on
veut donner ce qu'on a laissé prendre, on veut de
l'autre recevoir ce qu'on a dérobé ; et, de part et
d'autre, on se hâte d'obtenir une seconde victoire,
pour s'assurer de sa conquête [5].

Tout ceci avait été un peu brusqué. Nous
sentîmes notre faute. Nous reprîmes ce qui nous

était échappé, avec plus de détail. Trop ardent, on est moins délicat. On court à la jouissance, en confondant toutes les délices qui la précèdent. On arrache un nœud, on déchire une gaze. Partout la volupté marque sa trace, et bientôt l'idole ressemble à la victime.

Plus calmes, l'air nous parut plus pur, plus frais. Nous n'avions pas entendu que la rivière, qui baignait les murs du pavillon, rompait le silence de la nuit par un murmure doux qui semblait d'accord avec la tendre palpitation de nos cœurs [1]. L'obscurité était trop grande pour laisser distinguer aucun objet ; mais, à travers le crêpe transparent d'une belle nuit d'été, notre imagination faisait, d'une île qui était devant notre pavillon, un lieu enchanté. La rivière nous paraissait couverte d'amours qui se jouaient dans les flots. Jamais les forêts de Gnide n'ont été si peuplées d'amants, que nous en peuplions l'autre rive [2]. Il n'y avait pour nous dans la nature que des couples heureux, et il n'y en avait point de plus heureux que nous. Nous aurions défié Psyché et l'Amour. J'étais aussi jeune que lui ; elle me paraissait aussi charmante qu'elle. Plus abandonnée, elle me sembla plus ravissante encore. Chaque moment me livrait une beauté. Le flambeau de l'amour me l'éclairait pour les yeux de l'âme, et le plus sûr des sens confirmait mon bonheur [3]. Quand la crainte est bannie, les caresses cherchent les caresses. Elles se confondent plus ten-

drement : on ne veut plus qu'une faveur soit
ravie. Si l'on diffère, c'est raffinement. Le refus
est timide, et n'est qu'un tendre soin. On désire,
on ne voudrait pas ; c'est l'hommage qui plaît...
Le désir flatte... l'âme en est exaltée... on
adore... on ne cédera point... on a cédé[1].

« Ah ! me dit-elle, avec un son de voix
céleste[2], sortons de ce dangereux séjour ; sans
cesse les désirs s'y reproduisent, et l'on est sans
force pour leur résister. » Elle m'entraîne.

Nous nous éloignons à regret ; elle tournait
souvent la tête ; une flamme divine semblait
briller sur le parvis. « Tu l'as consacré pour
moi, me disait-elle. Qui saurait jamais y plaire
comme toi ? Comme tu sais aimer ! qu'elle est
heureuse !

— Qui donc ? m'écriai-je avec étonnement.
Ah ! si je dispense le bonheur, à quel être dans
la nature pouvez-vous porter envie ! »

Nous passâmes devant le banc de gazon, et
nous nous arrêtâmes involontairement et avec
une de ces émotions muettes, qui signifient
beaucoup. « Quel espace immense, me dit-elle
alors, entre ce lieu-ci et le pavillon que nous
venons de quitter ! Mon âme est si pleine de
mon bonheur, qu'à peine puis-je me rappeler
que j'ai pu vous résister[3]. » Je ne sentis point
d'abord tout ce que ces mots renfermaient
d'obligeant, et à quoi leur sens m'engageait.
« Eh bien, lui dis-je, verrai-je se dissiper tout le

charme dont mon imagination s'était remplie là-
bas ? Ce lieu me sera-t-il toujours fatal ?

— En est-il qui puisse te l'être encore quand je
suis avec toi[1] ?

— Oui, sans doute, puisque je suis aussi
malheureux[2] dans celui-ci, que je viens d'être
heureux dans l'autre. L'amour vrai veut des gages
multipliés ; il croit n'avoir rien obtenu tant qu'il
lui reste quelque chose à obtenir.

— Encore... Non, je ne puis permettre... Non,
jamais... » Et elle me faisait toutes ces défenses-là
d'un ton à n'être point obéie : ce que j'interprétais
en perfection[3].

Je prie le lecteur de se ressouvenir que j'ai à
peine vingt-cinq ans, et que les faits de cet âge
n'engagent personne. Cependant la conversation
changea d'objet ; elle devint moins sérieuse[4]. On
osa même plaisanter sur les plaisirs de l'amour,
l'analyser, en séparer le moral, le réduire au
simple, et prouver que les faveurs n'étaient que le
plaisir ; qu'il n'y avait d'engagements réels (philosophiquement parlant) que ceux que l'on contractait avec le public, en le laissant pénétrer dans nos
secrets, et en commettant avec lui quelques
indiscrétions. « Quelle nuit délicieuse[5], dit-elle,
nous venons de passer par l'attrait seul de ce
plaisir, notre guide et notre excuse ! Si des raisons,
je le suppose, nous forçaient à nous séparer
demain, notre bonheur ignoré de toute la nature
ne nous laisserait, par exemple, aucun lien à

dénouer. Quelques regrets, dont un souvenir agréable serait le dédommagement... et puis, au fait, du plaisir, sans toutes les lenteurs, le tracas et la tyrannie des procédés d'usage. »

Nous sommes tellement *machines* (et j'en rougis), qu'au lieu de toute la délicatesse qui me tourmentait, avant la scène qui venait de se passer, j'entrais au moins pour moitié dans la hardiesse de ces principes ; je les trouvais sublimes, et je me sentais déjà une disposition très prochaine à l'amour de la liberté.

« La belle nuit, me disait-elle, les beaux lieux ! Il y a huit ans que je les avais quittés ; mais ils n'ont rien perdu de leurs charmes ; ils viennent de reprendre pour moi tous ceux de la nouveauté. Nous n'oublierons jamais ce cabinet, n'est-il pas vrai ? Le château en recèle un plus charmant encore ; mais on ne peut rien vous montrer : vous êtes comme un enfant qui veut toucher à tout ce qu'il voit, et qui brise tout ce qu'il touche. » Un mouvement de curiosité, qui me surprit moi-même, me fit promettre de n'être que ce que l'on voudrait. Je protestai que j'étais devenu bien raisonnable. On changea de propos. Mme de T... aimait mieux les raisons que la raison. « Cette nuit, dit-elle, me paraîtrait complètement agréable, si je ne me faisais un reproche. Je suis fâchée, vraiment fâchée de ce que je vous ai dit de la Comtesse. Ce n'est pas que je veuille me plaindre de vous. Vous vous êtes conduit aussi *décemment*

qu'il soit possible. La nouveauté pique, vous
m'avez trouvée aimable, et j'aime à croire que
vous étiez de bonne foi ; mais l'empire de l'habitude est si long à détruire, que je sens moi-même
que je n'ai pas ce qu'il faut pour en venir à bout.
J'ai d'ailleurs épuisé tout ce que le cœur a de
ressources pour enchaîner. Que pourriez-vous
espérer maintenant près de moi ? Que pourriez-
vous désirer ? Et que devient-on avec une femme,
sans le désir et l'espérance ? Je vous ai tout
prodigué : à peine peut-être me pardonnerez-vous
un jour des plaisirs qui, après le moment de
l'ivresse, nous abandonnent à la sévérité des
réflexions. À propos, dites-moi donc, comment
avez-vous trouvé mon mari ? assez maussade,
n'est-il pas vrai ? Le régime n'est point aimable ;
je ne crois pas qu'il vous ait vu de sang-froid :
notre amitié lui deviendrait suspecte. Il faudra ne
pas prolonger ce premier voyage ; il prendrait de
l'humeur. Dès qu'il viendra du monde (et sans
doute il en viendra)... D'ailleurs vous avez aussi
vos ménagements à garder... Vous vous souvenez
de l'air de Monsieur, hier en nous quittant ?... »
Elle vit l'impression que me faisaient ces dernières paroles, et ajouta tout de suite : « Il était
plus gai, lorsqu'il fit arranger avec tant de
recherche, le cabinet dont je vous parlais tout à
l'heure. C'était avant mon mariage ; il tient à mon
appartement. Il n'a jamais été pour moi qu'un
témoignage... des ressources artificielles dont

M. de T. avait besoin de fortifier son sentiment, et
du peu de ressort que je donnais à son âme. »

C'est ainsi que par intervalle elle excitait ma
curiosité sur ce cabinet. « Il tient à votre appartement, lui dis-je ; quel plaisir d'y venger vos
attraits offensés, de leur y restituer les vols qu'on
leur a faits ! » On trouva ceci d'un meilleur ton.
« Ah ! lui dis-je, si j'étais choisi pour être le héros
de cette vengeance, si le goût du moment pouvait
faire oublier et réparer les langueurs de l'habitude... » Elle saisit, avec une intelligence très
prompte, ce que je voulais dire ; et plus surprise
que fâchée, elle reprit : « Si vous me promettiez
d'être sage... » Il faut l'avouer, je ne me sentais
pas encore toute la ferveur, toute la dévotion qu'il
fallait pour visiter les saints lieux ; mais j'avais
beaucoup de curiosité ; ce n'était plus Mme de
T... que je désirais ; c'était le cabinet. Nous étions
rentrés. Les lampes des escaliers et des corridors
étaient éteintes ; nous errions dans un dédale. La
maîtresse même du château en avait oublié les
issues ; enfin, nous arrivâmes à la porte de son
appartement, de cet appartement qui renfermait
ce réduit si vanté. « Qu'allez-vous faire de moi,
lui dis-je ? que voulez-vous que je devienne ? me
renverrez-vous ainsi seul dans l'obscurité ?
m'exposerez-vous à faire du bruit, à nous déceler,
à nous trahir, à vous perdre ? » Cette raison lui
parut sans réplique. « Vous me promettez donc...

— Tout... tout au monde. »

On reçut mon serment avec l'espérance, bien entendu, que j'étais encore très capable d'être parjure. Nous ouvrîmes doucement la porte : nous trouvâmes deux femmes endormies ; l'une jeune, l'autre plus âgée : cette dernière était celle de confiance ; ce fut elle qu'on éveilla [1]. On lui parla à l'oreille. Bientôt je la vis sortir par une porte secrète, artistement fabriquée dans un lambris de la boiserie [2]. Moi, je m'offris à remplir l'office de la femme qui dormait : on accepta mes services, on se débarrassa de tout ornement superflu. Un simple ruban retenait tous les cheveux, qui s'échappèrent en boucles flottantes. On y ajouta seulement une rose que j'avais cueillie dans le jardin, et que je tenais encore par distraction : une robe ouverte remplaça tous les autres ajustements [3]. Il n'y avait pas un nœud à toute cette parure ; je trouvai Mme de *** plus belle que jamais. Un peu de fatigue avait appesanti ses paupières, et donnait à ses regards une langueur plus intéressante, une expression plus douce. Le coloris de ses lèvres, plus vif que de coutume, relevait l'émail de ses dents, et rendait son sourire plus voluptueux. Des rougeurs éparses çà et là relevaient la blancheur de son teint, et en attestaient la finesse. Ces traces du plaisir m'en rappellaient la jouissance. Enfin elle me parut, à la lumière, plus séduisante encore, que mon imagination ne se l'était peinte dans nos plus doux moments. Le lambris s'ouvrit de nouveau, et la discrète confidente disparut.

Près d'entrer, on m'arrêta : « Souvenez-vous, me dit-on gravement, que vous serez censé n'avoir jamais vu, ni même soupçonné l'asile où vous allez être introduit. Point d'étourderie ; je suis tranquille sur le reste.

— La discrétion est ma vertu favorite ; on lui doit bien des instants de bonheur [1]. »

Tout cela avait l'air d'une initiation. On me fit traverser un petit corridor obscur, en me conduisant par la main. Mon cœur palpitait comme celui d'un jeune prosélyte que l'on éprouve avant la célébration des grands mystères. « Mais votre Comtesse », me dit-elle en s'arrêtant... J'allais répliquer ; les portes s'ouvrirent : l'admiration intercepta ma réponse. Je fus étonné, ravi ; je ne sais plus ce que je devins, et je commençai de bonne foi à croire à l'enchantement. La porte se referma, et je ne distinguai plus par où j'étais entré. Je ne vis plus qu'un bosquet aérien, qui, sans issue, semblait ne tenir et ne porter sur rien ; enfin je me trouvai comme dans une vaste cage entièrement de glaces, sur lesquelles les objets étaient si artistement peints, qu'elles produisaient l'illusion de tout ce qu'elles représentaient. On ne voyait intérieurement aucune lumière. Une lueur douce et céleste y pénétrait, selon le besoin que chaque objet avait d'être plus ou moins aperçu. Des cassolettes exhalaient les plus agréables parfums ; des chiffres et des trophées dérobaient aux yeux la flamme des lampes qui éclairaient, d'une

manière magique, ce lieu de délices. Le côté par
où nous entrâmes représentait des portiques en
treillages ornés de fleurs, et des berceaux dans
chaque enfoncement. D'un autre côté, on voyait
la statue de l'Amour distribuant des couronnes ;
devant cette statue était un autel sur lequel on
voyait briller une flamme ; au bas de cet autel,
une coupe, des couronnes et des guirlandes. Un
temple d'une architecture légère achevait d'orner
ce côté : vis-à-vis était une grotte sombre. Le dieu
du mystère veillait à l'entrée. Le parquet, couvert
d'un tapis *pluché*, imitait un épais gazon. Au haut
du plafond, des amours suspendaient des guirlandes qui se jouaient négligemment. Le qua-
trième côté qui répondait aux portiques, était un
dais sous lequel s'accumulait une quantité de
carreaux, avec un baldaquin soutenu par des
amours.

Ce fut là qu'alla se jeter nonchalamment la
reine de ce lieu. Je tombai à ses pieds [1] elle se
pencha vers moi, elle tendit les bras, et dans
l'instant, grâce à ce groupe répété dans tous ses
aspects, je vis cette île toute peuplée d'amants
heureux.

Les désirs se reproduisent par leur image.
« Laisserez-vous, lui dis-je, ma tête sans couronne ? Si près du trône, pourrai-je éprouver des
rigueurs ? pourriez-vous y prononcer un refus ?

— Et vos serments, me répondit-elle, en se
levant.

— J'étais un mortel quand je les fis ; vous m'avez fait un dieu : vous adorer, voilà mon seul serment.

— Venez, me dit-elle, l'ombre du mystère doit cacher ma faiblesse ; venez... »

En même temps elle s'approcha de la grotte. À peine en avions-nous franchi l'entrée, que je ne sais quel ressort, adroitement ménagé, nous entraîna. Portés par le même mouvement, nous tombâmes mollement renversés sur un monceau de coussins. L'obscurité régnait avec le silence dans ce sanctuaire [1]. Nos soupirs nous tinrent lieu de langage. Plus tendres, plus multipliés, plus ardents, ils étaient les interprètes de nos sensations ; ils en marquaient les degrés, et le dernier de tous, quelque temps suspendu, nous avertit que nous devions rendre grâce à l'Amour. Nous sortîmes de la grotte pour aller lui porter notre hommage. La scène avait changé. Au lieu du temple et de la statue de l'Amour, c'était celle du dieu des jardins [2]. (Le même ressort qui nous avait fait entrer dans la grotte avait produit ce changement, en retournant la figure de l'Amour, et en renversant l'autel.) Nous avions aussi quelques grâces à rendre à ce nouveau dieu. Nous marchâmes à son temple, et il put lire dans mes yeux que j'étais digne encore de me le rendre propice. La déesse prit une couronne qu'elle me posa sur la tête, et me présenta une coupe, où je bus à pleins flots le nectar des dieux.

« Hé bien », me dit, après quelques moments, la fée de ce séjour, en soulevant à peine ses beaux yeux humides de volupté, « aimerez-vous jamais la Comtesse autant que moi ?

— J'avais oublié, lui répondis-je, que je dusse jamais retourner sur la terre. » Elle sourit, fit un signe, et tout disparut. « Sortez bien vite, me dit en entrant la confidente ; il fait grand jour, on entend déjà du bruit dans le château [1]. »

Tout m'échappe avec la même rapidité que le réveil détruit un songe, et je me trouvai dans le corridor avant d'avoir pu reprendre mes sens. Je voulais regagner ma chambre ; mais où l'aller prendre ? Toute information me dénonçait, toute méprise était une indiscrétion. Le parti le plus prudent me parut de descendre dans le jardin, où je résolus de rester jusqu'à ce que je pusse rentrer avec vraisemblance d'une promenade du matin. La fraîcheur et l'air pur de ce moment calmèrent par degrés mon imagination, et en chassèrent le merveilleux. Au lieu d'une nature enchantée, je ne vis qu'une nature naïve. Je sentais la vérité rentrer dans mon âme, mes pensées naître sans trouble, et se suivre avec ordre : je respirais. Je n'eus rien de plus pressé alors que de me demander si j'étais l'amant de celle que je venais de quitter ; et je fus bien surpris de ne savoir que me répondre. Qui m'eût dit hier à l'Opéra que je pourrais aujourd'hui me faire cette question-là ? Moi, qui croyais savoir qu'elle aimait éperdu-

ment, et depuis deux ans, le Marquis de... Moi,
qui me croyais tellement épris de la Comtesse,
qu'il devait m'être impossible de lui devenir infidèle ! Quoi ! hier ! Mme de T... est-il bien vrai ?
aurait-elle rompu avec le Marquis ? m'a-t-elle pris
pour lui succéder, ou seulement pour le punir ?
Quelle aventure ! quelle nuit[1] ! et je m'interro-
geais pour savoir si je ne rêvais pas encore. Je
m'étais assis, et, ne cessant de raisonner avec moi-
même, je ne savais trop à quoi me fixer ; je
soupçonnais, je doutais, puis j'étais persuadé,
convaincu, et puis, je ne croyais plus rien. Tandis
que je flottais dans ces incertitudes, j'entendis du
bruit près de moi ; je levai les yeux, me les frottai ;
je ne pouvais croire... c'était... qui ?... le Marquis.
« Tu ne m'attendais pas si matin, n'est-il pas
vrai ? Eh bien, comment cela s'est-il passé ?

— Tu savais donc que j'étais ici ? lui demandai-je.

— Oui vraiment ; on me le fit dire hier au
moment de votre départ. As-tu bien joué ton
personnage ? le mari a-t-il trouvé ton arrivée bien
ridicule ? quand te renvoie-t-on ? J'ai pourvu à
tout ; je t'amène une bonne chaise qui sera à tes
ordres. C'est à charge d'autant. Il fallait un
écuyer à Mme de T... tu lui en as servi, tu l'as
amusée sur la route ; c'est tout ce qu'elle voulait,
et ma reconnaissance...

— Oh ! non, non, je sers avec générosité ; et
dans cette occasion, Mme de T... pourrait te dire

que j'y ai mis un zèle au-dessus des pouvoirs de ta reconnaissance. »

Il venait de débrouiller le mystère de la veille, et de me donner la clef du reste. Je sentis dans l'instant mon nouveau rôle. Chaque mot était en situation, et me donnait envie de rire. Au fait, il était difficile de ne pas trouver très plaisant tout ce qui s'était passé. « Mais, pourquoi venir sitôt ? dis-je au Marquis : il me semble qu'il eût été plus prudent...

— Tout est prévu ; c'est le hasard qui semble me conduire ici : je suis censé revenir d'une campagne voisine : Mme de T... ne t'a donc pas mis au fait ? Je lui veux du mal de ce défaut de confiance, après ce que tu faisais pour nous.

— Elle avait sans doute ses raisons, et peut-être, si elle eût parlé, n'aurais-je pas joué si bien mon personnage ?

— Cela, mon cher, a donc été bien plaisant ? conte-moi tous les détails... conte donc.

— Ah !... un moment. Je ne savais pas que tout ceci était une comédie : et, bien que je sois pour quelque chose dans la pièce...

— Tu n'avais pas le beau rôle.

— Va, va, rassure-toi, il n'y a point de mauvais rôles pour de bons acteurs.

— J'entends, tu t'en es bien tiré.

— Merveilleusement !

— Et Mme de T... ?

— Sublime ! elle a tous les genres.

— Conçois-tu qu'on ait pu fixer cette femme-là ? Cela m'a donné de la peine ; mais j'ai amené son caractère au point que c'est peut-être la femme de Paris sur la fidélité de laquelle il y a le plus à compter.

— C'est bien voir les choses.

— C'est mon talent à moi ; toute son inconstance n'était que frivolité, dérèglement d'imagination : il fallait s'emparer de cette âme-là.

— C'est le bon parti.

— N'est-il pas vrai ? tu n'as pas d'idée de la force de son attachement pour moi : au fait, elle est charmante, tu seras forcé d'en convenir. Entre nous, je ne lui connais qu'un défaut, c'est que la nature, en lui donnant tout, lui a refusé cette flamme divine qui met le comble à tous ses bienfaits : elle fait tout naître, tout sentir, et elle n'éprouve rien, c'est un marbre.

— Il faut t'en croire sur ta parole, car moi, je ne puis... mais sais-tu que tu connais cette femme-là comme si tu étais son mari : vraiment, c'est à s'y tromper, et si je n'eusse pas soupé hier avec le véritable...

— À propos, a-t-il été bien bon ?

— Jamais on n'a été plus mari que cela.

— Oh ! la bonne aventure ! mais tu n'en ris pas assez à mon gré ! tu ne sens donc pas tout le comique de ce qui t'arrive ? conviens que le théâtre du monde offre des choses bien étranges, qu'il s'y passe des scènes bien divertissantes ;

rentrons : j'ai de l'impatience d'en rire avec Mme de T... Il doit faire jour chez elle : j'ai dit que j'arriverais de bonne heure ; décemment il faudrait commencer par le mari : viens chez toi, je veux remettre un peu de poudre[1]. On t'a donc bien pris pour un amant ?

— Tu jugeras de mes succès par la réception qu'on va me faire. Il est neuf heures ; allons de ce pas chez Monsieur. »

Je voulais éviter mon appartement, et pour cause. Chemin faisant, le hasard m'y amena ; la porte, restée ouverte, nous laissa voir mon valet de chambre qui dormait dans un fauteuil. Une bougie expirait près de lui. En s'éveillant au bruit, il présente étourdiment ma robe de chambre au Marquis, en lui faisant quelques reproches sur l'heure à laquelle il rentrait : j'étais sur les épines. Mais le Marquis était si disposé à s'abuser, qu'il ne vit rien en lui qu'un rêveur qui lui apprêtait à rire. Je donnai mes ordres, pour mon départ, à mon homme[2], qui ne savait ce que tout cela voulait dire, et nous passâmes chez Monsieur. Vous imaginez bien qui fut accueilli ? ce ne fut pas moi : c'est dans l'ordre. On fit à mon ami les plus grandes instances pour s'arrêter. On voulut le conduire chez Madame, dans l'espérance qu'elle le déterminerait. Quant à moi, on n'osait, disait-on, me faire la même proposition, car on me trouvait trop abattu, pour douter que l'air du pays ne me fût pas vraiment funeste. En consé-

quence, on me conseilla de regagner la ville. Le
Marquis m'offrit sa chaise, je l'acceptai : tout allait
à merveille, et nous étions tous contents. Je voulais
cependant voir encore Mme de T... c'était une
jouissance que je ne pouvais me refuser. Mon
impatience était partagée par mon ami, qui ne
concevait rien à ce sommeil, et qui était bien loin
d'en pénétrer la cause. Il me dit en sortant de chez
M. de T... : « Cela n'est-il pas admirable ? Quand
on lui aurait communiqué ses répliques, aurait-il
pu mieux dire ? Au vrai, c'est un fort galant
homme ; et, tout bien considéré, je suis très aise de
ce raccommodement. Cela fera une bonne maison,
et tu conviendras que, pour en faire les honneurs, il
ne pouvait mieux choisir que sa femme. » Personne n'était plus que moi pénétré de cette vérité.
« Quelque plaisant que cela soit, mon cher, *motus* ;
le mystère devient plus essentiel que jamais. Je
saurai faire entendre à Mme de T... que son secret
ne saurait être en de meilleures mains.

— Crois, mon ami, qu'elle compte sur moi, et tu
le vois, son sommeil n'en est point troublé.

— Oh ! il faut convenir que tu n'as pas ton
second pour endormir une femme.

— Et un mari, mon cher, un amant même au
besoin. » On avertit enfin qu'on pouvait entrer
chez Mme de T... nous nous y rendîmes avec
empressement.

« Je vous annonce, Madame, dit en entrant
notre causeur, vos deux meilleurs amis.

— Je tremblais, me dit Mme de T... que vous ne fussiez parti avant mon réveil, et je vous sais gré d'avoir senti le chagrin que cela m'aurait fait. » Elle nous examinait l'un et l'autre ; mais elle fut bientôt rassurée par la sécurité du Marquis, qui continua de me plaisanter. Elle en rit avec moi autant qu'il le fallait, pour me consoler, sans se dégrader à mes yeux ; adressa à l'autre des propos tendres, à moi d'honnêtes et *décents* ; elle badina, et ne plaisanta point. « Madame, dit le Marquis, il a fini son rôle aussi bien qu'il l'avait commencé. » Elle répondit gravement : « J'étais sûre du succès de tous ceux qu'on confierait à Monsieur. » Il lui raconta ce qui venait de se passer chez son mari ; elle me regarda, m'approuva, et ne rit point. « Pour moi, dit le Marquis [1] qui avait juré de ne plus finir, je suis enchanté de tout ceci : c'est un ami que nous nous sommes fait, Madame. Je te le répète encore, notre reconnaissance...

— Eh ! Monsieur, dit Mme de T..., brisons là-dessus, et croyez que j'ai senti tout ce que je dois à Monsieur. »

On annonça M. de T... et nous nous trouvâmes tous en situation. M. de T... m'avait persiflé et me renvoyait ; mon ami le dupait et se moquait de moi ; je le lui rendais, tout en admirant Mme de T... qui nous jouait tous, sans perdre rien de la dignité de son caractère.

Après avoir joui quelques instants de cette

scène, je sentis que celui de mon départ était arrivé. Je me retirais, Mme de T... me suivit, feignant de vouloir me donner une commission. « Adieu, Monsieur, je vous dois bien des plaisirs ; mais je vous ai payé d'un beau rêve. Dans ce moment, votre amour vous rappelle, et celle qui en est l'objet en est digne : si je lui ai dérobé quelques transports, je vous rends à elle, plus tendre, plus délicat et plus sensible.

» Adieu, encore une fois : vous êtes charmant... Ne me brouillez pas avec la Comtesse. » Elle me serra la main, et me quitta.

Je montai dans la voiture qui m'attendait ; je cherchai bien la morale de toute cette aventure[1], et... je n'en trouvai point.

par M.D.G.O.D.R

Jean-François de Bastide

# La Petite Maison

Mélite vivait familièrement avec les hommes, et il n'y avait que les bonnes gens, ou ses amis intimes, qui ne la soupçonnassent pas de galanterie. Son air, ses propos légers, ses manières libres, établissaient assez cette prévention. Le marquis de Trémicour avait envie de l'engager, et s'était flatté d'y réussir aisément[1]. C'est un homme qui doit attendre plus qu'un autre du caprice des femmes[2]. Il est magnifique, généreux, plein d'esprit et de goût, et peu d'hommes peuvent se vanter à juste titre de l'égaler en agréments. Malgré tant d'avantages, Mélite lui résistait. Il ne concevait pas cette bizarrerie[3]. Elle lui disait qu'elle était vertueuse, et il répondait qu'il ne croirait jamais qu'elle le fût. C'était entre eux une guerre continuelle à ce sujet. Enfin, le marquis la défia de venir dans sa petite maison[4]. Elle répondit qu'elle y viendrait, et que là, ni ailleurs, il ne lui serait redoutable. Ils firent une gageure, et elle y alla (elle ne savait pas ce que c'était que cette petite maison; elle n'en connaissait même aucune que de nom). Nul lieu dans Paris, ni dans l'Europe, n'est ni aussi galant ni aussi ingénieux. Il faut l'y suivre avec le marquis, et voir comment elle se tirera d'affaire avec lui.

Cette maison unique est sur les bords de la Seine[1]. Une avenue, conduisant à une patte d'oie, amène à la porte d'une jolie avant-cour[2] tapissée de verdure, et qui de droite et de gauche communique à des basses-cours[3] distribuées avec symétrie, dans lesquelles on trouve une ménagerie peuplée d'animaux rares et familiers[4], une jolie laiterie, ornée de marbres, de coquillages, et où des eaux abondantes et pures tempèrent la chaleur du jour; on y trouve aussi tout ce que l'entretien et la propreté des équipages, de même que les approvisionnements d'une vie délicate et sensuelle, peuvent demander. Dans l'autre basse-cour sont placés une écurie double[5], un joli manège et un chenil où sont renfermés des chiens de toute espèce.

Tous ces bâtiments sont contenus dans des murs de face d'une décoration simple, qui tiennent plus de la nature que de l'art, et représentent le caractère pastoral et champêtre. Des percées, ingénieusement ménagées[6], laissent apercevoir des vergers et des potagers constamment variés, et tous ces objets attirent si singulièrement les regards, qu'on est impatient de les admirer tour à tour.

Mélite avait cette impatience, mais elle voulut d'abord parcourir les beautés qui la frappaient de plus près. Trémicour brûlait de la conduire dans les appartements : c'était là qu'il pouvait lui expliquer sa flamme. Sa curiosité lui était déjà importune ; les louanges même qu'elle donnait à son goût ne le touchaient point ; il y répondait avec beaucoup de distraction. C'était pour la première fois que sa petite maison lui était moins chère que les objets qu'il y conduisait. Mélite remarquait sa contenance et en triomphait ; la curiosité l'eût seule engagée à tout voir, mais elle y pouvait mettre de la malice, et ce second motif valait bien l'autre pour s'y entêter. C'était ici une question qu'elle faisait, là un compliment, et partout des exclamations.

« En vérité, disait-elle, voilà qui est ingénieux au possible ! Cela est charmant ! Je n'ai rien vu...

— Oh ! les appartements sont bien plus singuliers ! répondait-il ; vous allez voir... Ne voulez-vous pas entrer ?...

— Dans un moment, reprenait-elle ; ceci a bien son prix : il faut tout parcourir ; il y a là quelque chose que nous n'avons pas vu. Allons, Trémicour, point d'impatience.

— Je n'en ai point, Madame, dit-il un peu piqué : c'est pour votre intérêt que je parle. Vous vous fatiguerez ici à marcher, et vous ne pourrez plus...

— Oh ! vous me pardonnerez, dit-elle avec un

ton railleur ; je suis venue ici uniquement pour marcher, et je sens mes forces. »

Il fallut qu'il essuyât cet entêtement jusqu'au bout. Il dura encore près d'un quart d'heure. Heureusement il parvint à y soupçonner du caprice, sans quoi je crois qu'il l'aurait plantée là. Il la conduisait par la main, et toujours il la tirait vers la maison. Trois ou quatre fois de suite elle eut la méchanceté de se laisser entraîner jusqu'à un certain point ; elle faisait quelques pas, et elle revenait pour examiner encore ce qu'elle avait déjà examiné. Il l'entraînait toujours, il paraissait marcher sur des épines ; elle en riait intérieurement, et lui donnait de ces regards qui, par un artifice unique, disent : « Je me plais à vous désespérer », en paraissant solliciter la complaisance. À la fin, une vivacité échappa à Trémicour. Elle feignit de ne le trouver pas bon, et lui dit qu'il était insupportable.

« C'est vous-même qui l'êtes ! répondit-il ; vous m'avez promis que vous verriez tout, et nous restons ici. J'aime mes appartements, et je veux que vous les voyiez.

— Eh bien ! Monsieur, il n'y a qu'à les voir ; il ne faut point de querelle pour cela. Bon Dieu, que vous êtes prompt !... »

Le son de voix et le regard qui l'accompagnait étaient si doux qu'il sentit augmenter le défaut qu'on lui reprochait.

« Oui, dit-il, je suis prompt, je compte les

moments. Nous venons ici avec des conventions qui m'en font une excuse... Vous les avez donc oubliées, Madame [1] ?

— Il n'y a point d'oubli à cela, répondit-elle en marchant ; au contraire, je suis plus dans mon rôle que vous. Vous m'avez dit que votre maison me séduirait ; j'ai parié qu'elle ne me séduirait pas. Croyez-vous que me livrer à tous ces charmes soit mériter le reproche d'infidélité ?... »

Trémicour allait répondre, mais ils étaient alors au milieu de la cour principale, et une exclamation qu'arracha à Mélite le simple coup d'œil qu'elle y donna ne lui en laissa pas le temps. Cette cour, quoique peu spacieuse, annonce le goût de l'architecte. Elle est entourée de murailles revêtues de palissades [2] odoriférantes assez élevées pour rendre le corps de logis plus solitaire, mais élaguées de manière qu'elles ne peuvent nuire à la salubrité de l'air que l'amour semble y porter. Il fallut encore que Trémicour dévorât ces compliments importuns que Mélite lui prodiguait. Enfin ils arrivèrent au bas d'un perron qui conduit à un vestibule assez grand, d'où le marquis renvoya les valets au commun [3] par un signe. Il la fit passer tout de suite dans un salon donnant sur le jardin, et qui n'a rien d'égal dans l'univers. Il s'aperçut de la surprise de Mélite, et lui permit alors d'admirer. En effet, ce salon est si voluptueux qu'on y prend des idées de tendresse en croyant seulement en prêter au maître à qui il appartient.

Il est de forme circulaire, voûté en calotte peinte par Hallé[a]; les lambris sont imprimés couleur de lilas, et enferment de très belles glaces; les dessus de portes, peints par le même, représentent des sujets galants. La sculpture y est distribuée avec goût, et sa beauté est encore relevée par l'éclat de l'or. Les étoffes sont assorties : à la couleur du lambris. En un mot, Le Carpentier[b] n'aurait rien ordonné de plus agréable et de plus parfait.

Le jour finissait : un nègre vint allumer trente bougies que portaient un lustre et des girandoles de porcelaine de Seve[3] artistement arrangées et armées de supports de bronze dorés. Ce nouvel éclat de lumière, qui reflétait dans les glaces, fit paraître le lieu plus grand et répéta à Trémicour l'objet de ses impatients désirs[4].

Mélite, frappée de ce coup d'œil, commença à admirer sérieusement et à perdre l'envie de faire des malices à Trémicour. Comme elle avait vécu sans coquetterie et sans amants, elle avait mis à s'instruire le temps que les autres femmes mettent à aimer et à tromper, et elle avait réellement du goût et des connaissances; elle appréciait d'un coup d'œil le talent des plus fameux artistes, et eux-mêmes devaient à son estime pour les chefs-d'œuvre cette immortalité que tant de femmes

---

*a.* Un de nos peintres français qui, après Boucher, s'est le plus signalé dans les sujets de la Fable[1].

*b.* L'un des architectes du roi qui entende le mieux la décoration des dedans. Le petit château de M. de La Boissière et la maison de M. Bouret prouvent son génie et son goût[2].

leur empêchent souvent de mériter par leur amour pour les riens. Elle vanta la légèreté du ciseau de l'ingénieux Pineau[a], qui avait présidé à la sculpture ; elle admira les talents de Dandrillon[b], qui avait employé toute son industrie à ménager les finesses les plus imperceptibles de la menuiserie et de la sculpture ; mais surtout, perdant de vue les importunités auxquelles elle s'exposait de la part de Trémicour en lui donnant de la vanité, elle lui prodigua les louanges qu'il méritait par son goût et son choix.

« Voilà qui me plaît, lui dit-elle ; voilà comme j'aime qu'on emploie les avantages de la fortune. Ce n'est plus une petite maison : c'est le temple du génie et du goût[3]...

— C'est ainsi que doit être l'asile de l'amour, lui dit-il tendrement. Sans connaître ce dieu, qui eût fait pour vous d'autres miracles, vous sentez que, pour l'inspirer, il faut du moins paraître inspiré par lui...

— Je le pense comme vous, reprit-elle ; mais pourquoi donc, à ce que j'ai ouï dire, tant de petites maisons décèlent-elles un si mauvais goût ?

— C'est que ceux qui les possèdent désirent sans aimer, répondit-il ; c'est que l'amour n'avait pas arrêté que vous y viendriez un jour avec eux[4]. »

Mélite écoutait, et aurait écouté encore si un

---

a. Sculpteur célèbre pour les ornements, et dont la plus grande partie des sculptures des appartements de nos hôtels sont l'ouvrage[1].

b. Peintre qui a trouvé le secret de peindre les lambris sans odeur, et d'appliquer l'or sur la sculpture sans blanc d'apprêt[2].

baiser appuyé sur sa main ne lui eût appris que
Trémicour était venu là pour se payer de toutes
les choses obligeantes qu'il trouverait occasion de
lui dire. Elle se leva pour voir la suite des
appartements. Le marquis, qui l'avait vue si
touchée des seules beautés du salon, et qui avait
mieux à lui montrer, espéra que des objets plus
touchants la toucheraient davantage, et se garda
bien de l'empêcher de courir à sa destinée. Il lui
donna la main, et ils entrèrent à droite dans une
chambre à coucher.

Cette pièce est de forme carrée et à pans ; un lit
d'étoffe de pékin jonquille chamarrée des plus
belles couleurs est enfermé dans une niche placée
en face d'une des croisées qui donnent sur le
jardin. On n'a point oublié de placer des glaces
dans les quatre angles. Cette pièce, d'ailleurs, est
terminée en voussure [1] qui contient dans un cadre
circulaire un tableau où Pierre [a] a peint avec tout
son art Hercule dans les bras de Morphée, réveillé
par l'Amour. Tous les lambris sont imprimés
couleur de soufre tendre ; le parquet est de
marqueterie mêlée de bois d'amaranthe et de
cèdre, les marbres de bleu turquin [3]. De jolis
bronzes et des porcelaines sont placés, avec choix
et sans confusion, sur des tables de marbre en
console distribuées au-dessous des quatre glaces ;
enfin de jolis meubles de diverses formes, et des

---

*a.* Un de nos célèbres peintres, qui par la force de son coloris a mérité un
rang distingué dans l'école française [2].

formes les plus relatives aux idées partout expri-
mées dans cette maison, forcent les esprits les plus
froids à ressentir un peu de cette volupté qu'ils
annoncent.

Mélite n'osait plus rien louer ; elle commençait
même à craindre de sentir. Elle ne dit que
quelques mots, et Trémicour aurait pu s'en
plaindre ; mais il l'examinait, et il avait de bons
yeux ; il l'eût même remerciée de son silence s'il
n'avait pas su que des marques de reconnaissance
sont une étourderie tant qu'une femme peut
désavouer les idées dont on la remercie. Elle entra
dans une pièce suivante, et elle y trouva un autre
écueil. Cette pièce est un boudoir, lieu qu'il est
inutile de nommer à celle qui y entre, car l'esprit
et le cœur y devinent de concert[1]. Toutes les
murailles en sont revêtues de glaces, et les joints
de celles-ci masqués par des troncs d'arbres
artificiels, mais sculptés, massés et feuillés avec
un art admirable[2]. Ces arbres sont disposés de
manière qu'ils semblent former un quinconce ; ils
sont jonchés de fleurs et chargés de girandoles
dont les bougies procurent une lumière graduée
dans les glaces, par le soin qu'on a pris, dans le
fond de la pièce, d'étendre des gazes plus ou
moins serrées sur ces corps transparents, magie
qui s'accorde si bien avec l'effet de l'optique que
l'on croit être dans un bosquet naturel éclairé par
le secours de l'art. La niche où est placée l'ottomane, espèce de lit de repos qui pose sur un

parquet de bois de rose à compartiments, est enrichie de crépines d'or mêlées de vert, et garnie de coussins de différents calibres. Tout le pourtour et le plafond de cette niche sont aussi revêtus de glaces ; enfin la menuiserie et la sculpture en sont peintes d'une couleur assortie aux différents objets qu'elles représentent, et cette couleur a encore été appliquée par Dandrillon[a], de manière qu'elle exhale la violette, le jasmin et la rose. Toute cette décoration est posée sur une cloison qui a peu d'épaisseur, et autour de laquelle règne un corridor assez spacieux, dans lequel le marquis avait placé des musiciens.

Mélite était ravie en extase. Depuis plus d'un quart d'heure qu'elle parcourait ce boudoir, sa langue était muette, mais son cœur ne se taisait pas : il murmurait en secret contre des hommes qui mettent à contribution tous les talents pour exprimer un sentiment dont ils sont si peu capables. Elle faisait sur cela les plus sages réflexions, mais c'étaient pour ainsi dire des secrets que l'esprit déposait dans le fond du cœur, et qui devaient bientôt s'y perdre. Trémicour les y allait chercher par ses regards perçants, et les détruisait par ses soupirs. Il n'était plus cet homme à qui elle croyait pouvoir reprocher ce

---

*a.* C'est encore à cet artiste qu'on doit la découverte non seulement d'avoir détruit la mauvaise odeur de l'impression qu'on donnait précédemment aux lambris, mais d'avoir trouvé le secret de mêler dans ses ingrédients telle odeur qu'on juge à propos, odeur qui subsiste plusieurs années de suite, ainsi que l'ont déjà éprouvé plusieurs personnes[1].

contraste monstrueux; elle l'avait changé, et elle avait plus fait que l'Amour. Il ne parlait pas, mais ses regards étaient des serments. Mélite doutait de sa sincérité, mais elle voyait du moins qu'il savait bien feindre, et elle sentait que cet art dangereux expose à tout dans un lieu charmant. Pour se distraire de cette idée, elle s'éloigna un peu de lui et s'approcha d'une des glaces, feignant de remettre une épingle à sa coiffure. Trémicour se plaça devant la glace qui était vis-à-vis, et par cet artifice, pouvant la regarder encore plus tendrement sans qu'elle fût obligée de détourner les yeux, il se trouva que c'était un piège qu'elle s'était tendu à elle-même. Elle fit encore cette réflexion, et, voulant en détruire la cause, s'imaginant le pouvoir, elle crut y réussir en faisant des plaisanteries à Trémicour.

« Eh bien! lui dit-elle, cesserez-vous de me regarder? À la fin, cela m'impatiente. »

Il vola vers elle.

« Vous avez donc bien de la haine pour moi? répondit-il. Ah! marquise, un peu moins d'injustice pour un homme qui n'a pas besoin de vous déplaire pour être convaincu de son malheur...

— Voyez comme il est modeste! s'écria-t-elle.

— Oui, modeste et malheureux, poursuivit-il; ce que je sens m'apprend à craindre, et ce que je crains m'apprend à craindre encore. Je vous adore et n'en suis pas plus rassuré. »

Mélite plaisanta encore; mais avec quelle

maladresse elle déguisa le motif qui l'y portait !
Trémicour lui avait pris la main, et elle ne
songeait pas à la retirer. Il crut pouvoir la serrer
un peu ; elle s'en plaignit et lui demanda s'il
voulait l'estropier.

« Ah ! Madame ! dit-il en feignant de se désespérer, je vous demande mille pardons ; je n'ai pas
cru qu'on pût estropier si aisément. »

L'air qu'il venait de prendre la désarma ; il vit
que le moment était décisif : il fit un signal, et à
l'instant les musiciens placés dans le corridor
firent entendre un concert charmant. Ce concert
la déconcerta ; elle n'écouta qu'un instant, et,
voulant s'éloigner d'un lieu devenu redoutable,
elle marcha et entra d'elle-même dans une nouvelle pièce plus délicieuse que tout ce qu'elle avait
vu encore. Trémicour eût pu profiter de son
extase et fermer la porte sans qu'elle s'en aper-
çût pour la forcer à l'écouter ; mais il voulait
devoir les progrès de la victoire aux progrès du
plaisir.

Cette nouvelle pièce est un appartement de
bains. Le marbre, les porcelaines, les mousse-
lines, rien n'y a été épargné ; les lambris sont
chargés d'arabesques exécutées par Perot[a], sur les
dessins de Gilot[b], et contenues dans des compartiments distribués avec beaucoup de goût. Des

---

a. Artiste habile dans le genre dont nous parlons, et qui a peint à Choisy les
plus jolies choses dans ce goût[1].

b. Le plus grand dessinateur de son temps pour les arabesques, les fleurs, les
fruits et les animaux, et qui a surpassé dans ce genre Perin, Audran, etc[2].

plantes maritimes montées en bronze par Cafieri[a], des pagodes[2], des cristaux et des coquillages, entremêlés avec intelligence, décorent cette salle, dans laquelle sont placées deux niches, dont l'une est occupée par une baignoire, l'autre par un lit de mousseline des Indes brodée et ornée de glands en chaînettes. À côté est un cabinet de toilette dont les lambris ont été peints par Huet[b], qui y a représenté des fruits, des fleurs et des oiseaux étrangers, entremêlés de guirlandes et de médaillons dans lesquels Boucher[c] a peint en camaïeux de petits sujets galants, ainsi que dans les dessus de porte. On n'y a point oublié une toilette d'argent par Germain[d]; des fleurs naturelles remplissent des jattes de porcelaine gros bleu rehaussées d'or[6]. Des meubles garnis d'étoffes de la même couleur, dont les bois sont d'aventurine[7] appliqués par Martin[e], achèvent de rendre cet appartement digne d'enchanter des fées. Cette pièce est terminée dans sa partie supérieure par une corniche d'un profil élégant, surmontée d'une campane de sculpture dorée, qui sert de bordure à une calotte surbaissée contenant une mosaïque en or et entremêlée de fleurs peintes par Bachelier[f].

---

*a.* Fondeur et ciseleur estimé pour les bronzes dont tous les appartements de nos belles maisons de Paris et des environs sont ornés[1].

*b.* Autre peintre célèbre d'arabesques, et particulièrement pour les animaux[3].

*c.* Le peintre des Grâces et l'artiste le plus ingénieux de notre siècle[4].

*d.* Orfèvre célèbre et fils du plus grand artiste que l'Europe ait possédé en ce genre[5].

*e.* Célèbre vernisseur connu de tout le monde[8].

*f.* Un des plus excellents peintres de nos jours en ce genre, qu'il a quitté depuis peu pour devenir le rival de Desportes et d'Oudry, et peut-être les surpasser[9].

Mélite ne tint point à tant de prodiges ; elle se sentit pour ainsi dire suffoquée, et fut obligée de s'asseoir.

« Je n'y tiens plus, dit-elle ; cela est trop beau. Il n'y a rien de comparable sur la terre... »

Le son de voix exprimait un trouble secret. Trémicour sentit qu'elle s'attendrissait ; mais, en homme adroit, il avait pris la résolution de ne plus paraître parler sérieusement. Il se contenta de badiner avec un cœur qui pouvait encore se dédire.

« Vous ne le croyez pas, lui dit-il, et c'est ainsi qu'on éprouve qu'il ne faut jurer de rien. Je savais bien que tout cela vous charmerait, mais les femmes veulent toujours douter.

— Oh ! je ne doute plus, reprit-elle ; je confesse que tout cela est divin et m'enchante. »

Il s'approcha d'elle sans affectation.

« Avouez, reprit-il, que voilà une petite maison bien nommée. Si vous m'avez reproché de ne pas sentir l'amour, vous conviendrez du moins que tant de choses capables de l'inspirer doivent faire beaucoup d'honneur à mon imagination ; je suis persuadé même que vous ne concevez plus comment on peut avoir tout à la fois des idées si tendres et un cœur si insensible. N'est-il pas vrai que vous pensez cela ?

— Il pourrait en être quelque chose, répondit-elle en souriant.

— Eh bien ! reprit-il, je vous proteste que vous jugez mal de moi. Je vous le dis à présent sans intérêt, car je vois bien qu'avec un cœur cent fois plus tendre que vous ne m'en croyez un indifférent, je ne vous toucherais pas ; mais il est certain que je suis plus capable que personne d'amour et de constance. Notre jargon [1], nos amis, nos maisons, notre train [2], nous donnent un air de légèreté et de perfidie, et une femme raisonnable nous juge sur ces dehors. Nous contribuons nous-mêmes volontairement à cette réputation, parce que, le préjugé général ayant attaché à notre état cet air d'inconstance et de coquetterie, il faut que nous le prenions ; mais, croyez-moi, la frivolité ni le plaisir même ne nous emportent pas toujours : il est des objets faits pour nous arrêter et pour nous ramener au vrai, et, quand nous venons à les rencontrer, nous sommes et plus amoureux et plus constants que d'autres... Mais vous êtes distraite ? à quoi rêvez-vous ?

— À cette musique, reprit-elle ; j'ai cru la fuir, et de loin elle en est plus touchante. (Quel aveu !)

— C'est l'amour qui vous poursuit, répondit Trémicour ; mais il ne sait pas à qui il a affaire... Bientôt cette musique ne sera que du bruit.

— Cela est bien certain, reprit-elle ; mais enfin, à présent, elle me dérange... Sortons, je veux voir les jardins... »

Trémicour obéit encore. Sa docilité n'était pas un sacrifice. Quel aveu, quelle faveur même vaut pour un amant l'embarras dont il jouissait ! Il se contenta de lui faire voir, en passant, une autre

pièce, commune à l'appartement des bains et à
celui d'habitation. C'est un cabinet d'aisances
garni d'une cuvette de marbre à soupape revêtue
de marqueterie de bois odoriférant[1], enfermée
dans une niche de charmille feinte, ainsi qu'on l'a
imité sur toutes les murailles de cette pièce, et qui
se réunit en berceau dans la courbure du plafond,
dont l'espace du milieu laisse voir un ciel peuplé
d'oiseaux. Des urnes, des porcelaines remplies
d'odeurs, sont placées artistement sur des pié-
douches. Les armoires, masquées par l'art de la
peinture, contiennent des cristaux, des vases et
tous les ustensiles nécessaires à l'usage de cette
pièce. Ils traversèrent ensuite une garde-robe où
l'on a pratiqué un escalier dérobé qui conduit à
des entresols destinés au mystère. Cette garde-
robe dégage[2] dans le vestibule. Mélite et le
marquis repassèrent par le salon. Il ouvrit la
porte du jardin ; mais quelle fut la surprise de
Mélite d'apercevoir un jardin amphithéâtrale-
ment disposé, éclairé par deux mille lampions. La
verdure était encore belle, et la lumière lui prêtait
un nouvel éclat. Plusieurs jets d'eau et différentes
nappes, rapprochées avec art, réfléchissaient les
illuminations. Tremblin[a], chargé de cette entre-
prise, avait gradué ces lumières en plaçant des
terrines[4] sur les devants, et seulement des lampions de différentes grosseurs dans les parties
éloignées. À l'extrémité des principales allées, il

---

[a]. Ancien décorateur de l'Opéra et des petits appartements de Versailles[3].

avait dispassé[1] des transparents[2] dont les différents aspects invitaient à s'en approcher. Mélite
fut enchantée, et ne s'exprima pendant un quart
d'heure que par des cris d'admiration[3]. Quelques
instruments champêtres firent entendre des fan-
fares sans se montrer ; plus loin, une voix chantait
quelque ariette d'*Issé*[4] ; là, une grotte charmante
faisait bondir des eaux avec impétuosité ; ici, une
cascade ruisselait et produisait un murmure
attendrissant. Dans des bosquets divers, mille
jeux variés s'offraient pour les plaisirs et pour
l'amour ; d'assez belles salles de verdure annon-
çaient un amphithéâtre, une salle de bal et un
concert ; des parterres émaillés de fleurs, des
boulingrins[5], des gradins de gazon, des vases de
fonte et des figures de marbre marquaient les
limites et les angles de chaque carrefour du
jardin, qu'une très grande lumière, puis ménagée,
puis plus sombre, variait à l'infini. Trémicour, ne
marquant aucun dessein et affectant même,
comme je l'ai dit, de montrer moins d'ardeur qu'il
n'en avait, conduisit Mélite dans une allée
sinueuse qui lui fit craindre intérieurement quelque surprise. En effet, cette allée, tracée par une
courbure subite, ne présentait plus que des ténèbres. Elle n'eût pas craint d'y entrer si elle se fût
sentie indifférente ; mais le trouble secret qu'elle
éprouvait lui rendait tout à craindre. Elle parut
effrayée, et sa frayeur redoubla par le bruit d'une
artillerie précipitée. Trémicour, qui savait appré-

cier l'avantage que donne à un homme, en toute occasion, la frayeur d'une femme, la reçut et la serra vivement dans ses bras au mouvement qu'elle fit. Elle allait s'en dégager avec une vivacité égale, lorsque l'éclat subit d'un feu d'artifice lui montra dans les yeux du téméraire l'amour le plus tendre et le plus soumis. Elle fut un moment immobile, c'est-à-dire attendrie. Ce moment ne fut pas aussi court que l'eût été celui qui eût suffi pour s'arracher de ses bras si elle l'avait haï, et Trémicour put croire qu'elle avait non hésité, mais oublié de s'en arracher. Ce joli feu avait été préparé par Carle Ruggieri[a] ; il était mêlé de transparents de couleurs variées, qui, se mêlant avec les eaux jaillissantes du bosquet où se donnait cette fête, formait un coup d'œil ravissant.

Tout ce spectacle, tous ces prodiges, prêtaient un si grand charme à un homme qui lui-même en avait beaucoup ; des regards amoureux, des soupirs enflammés, s'accordaient si bien avec le miracle de la nature et de l'art, que Mélite, déjà émue, fut obligée d'entendre l'oracle qu'ils en faisaient parler au fond de son cœur ; elle écouta cette voix puissante, et elle entendit l'arrêt de sa défaite. Le trouble la saisit. Le trouble est d'abord plus puissant que l'amour : elle voulut fuir...

« Allons, dit-elle, voilà qui est charmant ; mais il faut partir ; je suis attendue... »

a. Artificier italien de beaucoup de génie, et souvent employé par la Cour et les princes.

Trémicour vit qu'il ne fallait pas la combattre, mais il ne douta pas de pouvoir la tromper. Il avait réussi vingt fois en cédant. Il la pressa légèrement de rester. Elle ne le voulut point, elle marchait même fort vite ; mais sa voix était émue, ses discours n'étaient pas suivis, et une abondance extrême de monosyllabes prouvait qu'en fuyant elle s'occupait des objets de sa fuite.

« J'espère du moins, lui dit-il, que vous daignerez donner un coup d'œil à l'appartement qui est à gauche du salon...

— Il n'est certainement pas plus beau que tout ce que j'ai vu, dit-elle, et je suis pressée de partir.

— C'est tout un autre goût, reprit-il, et, comme vous ne reviendrez plus ici, je serais charmé...

— Non, dit-elle, dispensez-m'en. Vous me direz comment il est, et ce sera la même chose.

— J'y consentirais, reprit-il ; mais nous voilà arrivés. C'est un instant : vous ne pouvez pas être si pressée ?... D'ailleurs, vous m'avez promis de tout voir, et, si je ne me trompe, vous vous reprocheriez de n'avoir pas gagné légitimement la gageure.

— Il le faut donc ! dit-elle. Allons, Monsieur ; vous pourriez bien, en effet, vous vanter de n'avoir perdu qu'à demi... »

Ils étaient déjà dans le salon ; Trémicour en ouvrit une des portes, et elle entra d'elle-même dans un cabinet de jeu. Ce cabinet donne sur le

jardin. Les fenêtres en étaient ouvertes ; Mélite
s'en approcha après avoir donné quelques coups
d'œil à l'appartement, et revit, peut-être avec
plaisir, un lieu d'où elle venait de s'arracher.

« Avouez, lui dit-il méchamment, que ce coup
d'œil est très agréable : voilà l'endroit où nous
étions tout à l'heure... »

Ce mot la fit rêver.

« Je ne conçois pas, reprit-il, comment vous ne
vous y êtes pas arrêtée plus longtemps... Toutes
les femmes qui s'y sont trouvées ne pouvaient plus
en sortir...

— C'est qu'elles avaient d'autres raisons que
moi pour y rester, répondit Mélite.

— Vous me l'avez prouvé, lui dit-il. Faites du
moins plus d'honneur à cette pièce que vous n'en
avez fait au bosquet ; daignez la considérer. »

Elle abandonna alors la fenêtre ; elle tourna la
tête, et bientôt la surprise fit l'attention. Ce cabinet
est revêtu de laque du plus beau de la Chine ; les
meubles en sont de même matière, revêtus d'étoffe
des Indes brodée ; les girandoles sont de cristal de
roche, et jouent avec les plus belles porcelaines de
Saxe et du Japon, placées avec un art sur des culs-
de-lampe dorés d'or couleur.

Mélite considéra quelques figures de porcelaine. Le marquis la conjura de les accepter ; elle
refusa, mais avec cet air de ménagement qui laisse
à un homme tout le plaisir d'avoir offert. Il ne
crut pas devoir insister, et il lui fit connaître qu'il

savait qu'on ne doit point aspirer à faire accepter le jour qu'on s'est vanté de plaire.

Cette pièce a deux ou trois portes. L'une entre dans un joli petit cabinet faisant pendant au boudoir, l'autre dans une salle à manger précédée d'un buffet qui dégage dans le vestibule. Le cabinet, destiné à prendre le café, n'a pas été plus négligé que le reste de la maison : les lambris en sont peints en vert d'eau, parsemés de sujets pittoresques rehaussés d'or ; on y trouve quantité de corbeilles remplies de fleurs d'Italie[1] et les meubles en sont de moire brodée en chaînettes.

Mélite, s'oubliant de plus en plus, était assise et faisait des questions ; elle repassait tout ce qu'elle avait vu et demandait le prix des choses, le nom des artistes et des ouvriers. Trémicour répondait à toutes ses questions, et ne paraissait pas avoir à lui en faire ; elle le louait, vantait son goût, sa magnificence, et il la remerciait comme un homme à qui on ne risque rien de rendre justice. L'artifice était si bien caché que Mélite, s'affectant de plus en plus et ne considérant bientôt tout ce qui la frappait que du côté du génie et du goût, oublia réellement qu'elle était dans une petite maison, et qu'elle y était avec un homme qui avait parié de la séduire par ces mêmes choses qu'elle contemplait avec si peu de précaution et qu'elle louait avec tant de franchise. Trémicour profita d'un moment d'extase pour la faire sortir de ce cabinet.

« Tout cela est réellement très beau, lui dit-il,
et j'en conviens ; mais il reste quelque chose à
vous montrer qui vous surprendra peut-être davantage.

— J'ai de la peine à le croire, répondit-elle ;
mais, après les gradations [1] que j'ai vues, rien n'est
impossible, et il faut tout voir. » (Cette sécurité est
naturelle, et ne surprendra que ceux qui doutent
de tout par ignorance ou par insensibilité.)

Mélite se leva et suivit Trémicour. C'était dans
la salle à manger qu'il la conduisait. Elle fut
frappée d'y trouver un souper servi, et s'arrêta à
la porte.

« Qu'est-ce donc ? s'écria-t-elle. Je vous ai dit
qu'il fallait que je partisse...

— Vous ne m'avez pas ordonné de m'en
souvenir, répondit-il, et d'ailleurs il est très tard ;
vous devez être fatiguée, et, puisqu'il faut que
vous soupiez, vous me ferez bien l'honneur de
m'accorder la préférence, à présent que vous
voyez que vous le pouvez avec si peu de risque.

— Mais où sont donc les domestiques ? reprit-
elle ; pourquoi cet air de mystère ?

— Il n'en entre jamais ici, répondit-il, et j'ai
pensé qu'aujourd'hui il était encore plus prudent
de les bannir : ce sont des bavards, ils vous
feraient une réputation, et je vous respecte trop...

— Le respect est singulier ! poursuivit-elle ; je
ne savais pas que j'eusse plus à craindre de leurs
regards que de leurs idées. »

Trémicour sentit qu'elle n'était pas la dupe du paradoxe.

« Vous raisonnez mieux que moi, lui dit-il, et vous m'apprenez que le mieux est l'ennemi du bien. Malheureusement ils sont renvoyés, et il n'y a plus de remède. »

L'imposture succédait au paradoxe, et cela était visible ; mais, quand on a l'esprit troublé, ce sont souvent les choses frappantes qui ne frappent pas. Mélite n'insista donc point ; elle s'assit avec beaucoup de distraction en considérant un tour, placé dans un des arrondissements de cette salle, par lequel on servait aux signes que Trémicour faisait.

Elle mangea peu et ne voulut boire que de l'eau ; elle était distraite, rêveuse, triste. Ce n'était plus cet enchantement, ces exclamations, par lesquels son attendrissement avait commencé à se signaler ; elle était maintenant plus occupée de son état que des choses qui le causaient. Trémicour, animé par son silence, lui disait les choses les plus spirituelles (nous avons de l'esprit auprès des femmes à proportion que nous le leur faisons perdre) ; elle souriait et ne répondait pas. Il l'attendait au dessert. Lorsque le moment en fut arrivé, la table se précipita dans les cuisines qui étaient pratiquées dans les souterrains, et de l'étage supérieur elle en vit descendre une autre qui remplit subitement l'ouverture instantanée faite au premier plancher, et qui était néanmoins garantie par une balustrade de fer doré[1]. Ce prodige, incroyable pour elle, l'invita insensiblement à considérer la beauté et les ornements du lieu où il était offert à son admiration; elle vit des murs revêtus de stuc de couleurs variées à l'infini, lesquelles ont été appliquées par le célèbre Clerici[a]. Les compartiments contiennent des bas-reliefs de même matière, sculptés par le fameux Falconet[b], qui y a représenté les fêtes de Comus et de Bacchus. Vassé[c] a fait les trophées qui ornent les pilastres de la décoration. Ces trophées[5] désignent la chasse, la pêche, les plaisirs de la table et ceux de l'amour, etc. (De chacun d'eux, au nombre de douze, sortent autant de torchières[6] portant des girandoles à six branches qui rendent ce lieu éblouissant lorsqu'il est éclairé.)

Mélite, quoique frappée, ne donnait que des coups d'œil et ramenait bientôt ses yeux sur son assiette. Elle n'avait pas regardé Trémicour deux fois et n'avait pas prononcé vingt paroles; mais Trémicour ne cessait de la regarder, et lisait encore mieux dans son cœur que dans ses yeux. Ses pensées délicieuses lui causaient une émotion dont le son agité de sa voix était l'interprète. Mélite l'écoutait, et l'écoutait d'autant plus

*a.* Stucateur milanais qui s'est acquis une grande réputation en faisant le salon de Neuilly pour M. le comte d'Argenson, et, en dernier lieu, celui de Saint-Hubert pour Sa Majesté[2].

*b.* Sculpteur du Roi, célèbre à jamais par ses excellents ouvrages, dont plusieurs ont été exposés dernièrement au Salon[3].

*c.* Autre sculpteur du Roi, à qui la légèreté du ciseau et les grâces séduisantes ont acquis tant de réputation[4].

qu'elle le regardait moins. L'impression que faisait sur ses sens cette voix agitée l'invitait à porter les yeux sur celui en qui elle exprimait tant d'amour. C'était pour la première fois que l'amour s'offrait à elle avec son caractère, non qu'elle n'eût jamais été attaquée (elle l'avait été cent fois) ; mais des soins, des empressements, ne sont pas l'amour quand l'objet ne plaît pas ; d'ailleurs, ces soins et ces empressements marquent les desseins, et une femme raisonnable s'est accoutumée de bonne heure à s'en défier. Ce qui la séduisait ici, c'était l'inaction de Trémicour en exprimant tant de tendresse. Rien ne l'avertissait de se défendre : on ne l'attaquait point ; on l'adorait et on se taisait. Elle rêva à tout cela, et Trémicour fut regardé. Ce regard était si ingénu qu'il devenait un signal. Il en profita pour lui demander une chanson. Elle avait la voix charmante, mais elle refusa. Il vit que la séduction n'était encore que momentanée, et il ne se plaignit que par un soupir. Il chanta lui-même ; il voulut lui prouver que ses rigueurs étaient des lois auxquelles le grand amour lui donnait la force d'obéir sans contrainte. Il parodia ces paroles si connues de Quinault, dans *Armide* :

> *Que j'étais insensé de croire*
> *Qu'un vain laurier, donné par la victoire,*
> *De tous les biens fût le plus précieux !*
> *Tout l'éclat dont brille la gloire*
> *Vaut-il un regard de vos yeux* [1] *?*

Je n'ai pas eu les paroles qu'il suppléa à celles-là, mais elles renfermaient en termes ingénieux l'abjuration de l'inconstance et le serment d'aimer toujours. Mélite parut touchée, et cependant fit une petite grimace.

« Vous en doutez, lui dit-il, et en effet je n'ai pas mérité de vous persuader. Je ne vous ai attirée ici que par mes étourderies ; vous n'y êtes venue que sur la foi du mépris le plus juste. Ma réputation s'armerait contre des preuves, et c'est par des serments que je débute avec vous ! Cependant il est certain que je vous adore. C'est un malheur pour moi, mais il ne finira point. »

Mélite ne voulait pas répondre ; mais, sentant qu'il était sincère, qu'elle lui devait quelque chose, et qu'il allait être malheureux si elle ne s'acquittait, elle le regarda encore tendrement.

« Je vois que vous ne voulez pas me croire, reprit-il ; mais je vois en même temps que vous ne pouvez pas tout à fait douter. Vos yeux sont plus justes que vous ; ils expriment du moins de la pitié...

— Quand je voudrais vous croire, lui dit-elle, le pourrais-je ? Oubliez-vous où nous sommes ? pensez-vous que cette maison est dès longtemps le théâtre de vos passions trompeuses, et que ces mêmes serments que vous me faites ont servi cent fois au triomphe de l'imposture ?

— Oui, répondit-il, je pense à tout cela ; je me

souviens que ce que je vous dis, je l'ai dit à d'autres, et que je l'ai toujours dit avec fruit ; mais, en employant alors les mêmes expressions, je ne parlais pas cependant le même langage. Le langage de l'amour est dans le ton ; le mien toujours déposa contre mes serments. Il m'en tiendrait lieu aujourd'hui si vous vouliez me rendre justice. »

Mélite se leva (c'est la preuve infaillible de la persuasion quand on n'est point fausse). Trémicour courut vers elle.

« Où voulez-vous allez ? lui dit-il en frémissant ; Mélite, j'ai mérité que vous m'écoutiez. Songez combien je vous ai respectée... Asseyez-vous, ne craignez rien : mon amour vous répond de moi...

— Je ne veux pas vous entendre !... lui dit-elle en faisant quelques pas. À quoi ma complaisance aboutirait-elle ? Vous savez que je ne veux point aimer ; j'ai résisté à tout, je vous rendrais trop malheureux... »

Il ne l'arrêta point ; il vit que se trompant de porte et n'étant plus à elle-même, elle allait entrer dans un second boudoir. Il la laissa aller, se contentant de mettre le pied sur sa robe lorsqu'elle fut sur le seuil de la porte, afin que, tournant la tête pour se dégager, elle ne vît pas le lieu où elle entrait.

Cette nouvelle pièce, à côté de laquelle on a ménagé une jolie garde-robe, est tendue de gour-

gouran[1] gros vert, sur lequel sont placées avec
symétrie les plus belles estampes de l'illustre
Cochin[a], de Lebas[b] et de Cars[c]. Elle n'était
éclairée qu'autant qu'il le fallait pour faire apercevoir les chefs-d'œuvre de ces habiles maîtres.
Les ottomanes, les duchesses, les sultanes[5], y sont
prodiguées. Tout cela est charmant, mais ce n'est
plus de cela que Mélite peut s'occuper. Elle
s'aperçut de son erreur et voulut sortir : Trémicour était à la porte, et l'empêcha de passer.

« Eh bien ! Monsieur, lui dit-elle avec effroi,
quel est votre dessein ? que prétendez-vous faire ?

— Vous adorer et mourir de douleur. Je vous
parle sans imposture, mon état est nouveau pour
moi... Je sens qu'il me saisit... Mélite, daignez
m'écouter...

— Non, Monsieur, je veux sortir ; je vous
écouterai plus loin...

— Je veux que vous m'estimiez, reprit-il, que
vous sachiez que mon respect égale mon amour,
et vous ne sortirez pas ! »

Mélite, tremblante de frayeur, était prête à se
trouver mal ; elle tomba presque dans une bergère.
Trémicour se jeta à ses genoux. Là, il lui parla avec
cette simplicité éloquente de la passion ; il soupira,
versa des pleurs. Elle l'écoutait et soupirait avec lui.

---

*a.* Dessinateur et graveur du premier mérite, qui a succédé avec tant d'éclat
au célèbre Callot, Labella et le Clerc[2].

*b.* Graveur du Cabinet du roi, à qui nous devons la belle collection des
œuvres de Tenières, gravées avec tant d'art par ce célèbre artiste[3].

*c.* Autre graveur, qui, dans ses ouvrages, exprime avec tant d'art le talent des
auteurs qu'il transmet à la postérité[4].

« Mélite, je ne vous tromperai point ; je saurai respecter un bonheur qui m'aura appris à penser ; vous me retrouverez toujours avec la même tendresse, avec la même vivacité... Ayez pitié de moi !... Vous voyez...

— Je vois tout, dit-elle, et cet aveu renferme tout. Je ne suis pas sotte, je ne suis point fausse... Mais que voulez-vous de moi ? Trémicour, je suis sage, et vous êtes inconstant...

— Oui, je le fus : c'est la faute des femmes que j'ai aimées ; elles étaient sans amour elles-mêmes. Ah ! si Mélite m'aimait, si son cœur pouvait s'enflammer pour moi, jamais elle ne se rappellerait mon inconstance que par l'excès de mon ardeur. Mélite, vous me voyez, vous m'entendez, et voilà tout mon cœur ! »

Elle se tut, et il crut qu'il devait abuser de son silence. Il osa... mais il fut arrêté avec plus d'amour qu'on n'en a souvent quand on cède.

« Non ! dit Mélite ; je suis troublée, mais je sais encore ce que je fais : vous ne triompherez point... Qu'il vous suffise que je vous en crois digne ; méritez-moi... Je vous abhorrerais si vous insistiez[1] !

— Si j'insistais !... Ah ! Mélite...

— Eh bien ! Monsieur, que faites-vous ?...

— Ce que je fais...

— Trémicour, laissez-moi !... Je ne veux point...

— Cruelle ! je mourrai à vos pieds, ou j'obtiendrai... »

La menace était terrible, et la situation encore plus. Mélite frémit, se troubla, soupira, et perdit la gageure.

Anatole France

# Le Baron Denon

*L'étude d'Anatole France a paru dans* Le Temps *le 20 octobre 1889 avant d'être reprise dans* La Vie littéraire *(troisième série, 1891). Nous reproduisons le texte d'après l'édition révisée des* Œuvres complètes illustrées *parues chez Calmann-Lévy (t. VII, 1926).*

Il y avait à Paris, sous le règne de Louis XVIII, un homme heureux. C'était un vieillard. Il habitait, sur le quai Voltaire, la maison qui porte aujourd'hui le numéro 9 et dont le rez-de-chaussée est actuellement occupé par le docte Honoré Champion et sa docte librairie. La tranquille façade de cette demeure, percée de hautes fenêtres légèrement cintrées, rappelle, dans sa simplicité aristocratique, le temps de Gabriel et de Louis. C'est là qu'après la chute de l'Empire, Dominique-Vivant Denon, ancien gentilhomme de la chambre du roi, ancien attaché d'ambassade, ancien directeur général des beaux-arts, membre de l'Institut, baron de l'Empire, officier de la Légion d'honneur, s'était retiré avec ses collections et ses souvenirs. Il avait rangé dans des armoires, faites par l'ébéniste Boule pour Louis XIV, les marbres et les bronzes antiques, les vases peints, les émaux, les médailles recueillies pendant un demi-siècle de vie errante et curieuse ; et il vivait souriant au milieu de ces nobles richesses. Aux murs de ses salons étaient suspendus quelques tableaux choisis, un beau paysage de Ruysdaël, le portrait de Molière par Sébas-

tien Bourdon, un Giotto, un fra Bartolomeo, des
Guerchin, fort estimés alors. L'honnête homme qui
les conservait avait beaucoup de goût et peu de
préférences. Il savait jouir de tout ce qui donne
quelque jouissance. À côté de ses vases grecs et de
ses marbres antiques, il gardait des porcelaines de
Chine et des bronzes du Japon. Il ne dédaignait
même pas l'art des temps barbares. Il montrait
volontiers une figure de bronze, de style carolingien,
dont les yeux de pierre et les mains d'or faisaient
crier d'horreur les dames à qui Canova avait
enseigné toutes les suavités de la plastique. Denon
s'étudiait à classer ces monuments de l'art dans un
ordre philosophique et il se proposait d'en publier la
description ; car, sage jusqu'au bout, il trompait
l'âge en formant de nouveaux desseins. Il était trop
un homme du XVIII$^e$ siècle pour ne point faire dans
ses riches collections la part du sentiment. Possédant
un beau reliquaire du XV$^e$ siècle, dépouillé sans doute
pendant la Terreur, il l'avait enrichi de reliques
nouvelles dont aucune ne provenait du corps d'un
bienheureux. Il n'était point mystique le moins du
monde et jamais homme ne fut moins fait que lui pour
comprendre l'ascétisme chrétien. Les moines ne lui
inspiraient que du dégoût. Il était né trop tôt pour
goûter, en dilettante, comme Chateaubriand, les chefs-
d'œuvre de la pénitence. Son profane reliquaire contenait un peu de la cendre d'Héloïse, recueillie dans le
tombeau du Paraclet ; une parcelle de ce beau corps
d'Inès de Castro, qu'un royal amant fit exhumer pour
le parer du diadème ; quelques brins de la moustache
grise de Henri IV, des os de Molière et de La Fontaine,
une dent de Voltaire, une mèche des cheveux de

l'héroïque Desaix, une goutte du sang de Napoléon, recueillie à Longwood[a].

Et, sans chicaner sur l'authenticité de ces restes, il faut convenir que c'était bien là les reliques chères à un homme qui avait beaucoup aimé en ce monde la beauté des femmes, assez compati aux souffrances du cœur, goûté en délicat la poésie alliée au bon sens, estimé le courage, honoré la philosophie et respecté la force. Devant ce reliquaire, Denon pouvait, du fond de sa vieillesse souriante, revoir toute sa vie et se féliciter de l'emploi riche, divers, heureux, qu'il avait su donner à tous ses jours. Petit gentilhomme de forte sève bourguignonne, né sur cette terre légère du vin où les cœurs sont naturellement joyeux, il avait sept ans, quand une bohémienne qu'il rencontra sur un chemin lui dit sa bonne aventure : « Tu seras aimé des femmes ; tu iras à la cour ; une belle étoile luira sur toi. » Cette destinée s'accomplit de point en point ; Denon alla tout jeune chercher fortune à Paris. Il fréquentait les coulisses de la Comédie-Française et toutes les actrices raffolaient de lui. Elles voulurent jouer une comédie qu'il avait faite pour elles et qui n'en valait pas mieux[b]. Cependant il se tenait sans cesse sur le passage du roi.

— Que voulez-vous ? lui demanda un jour Louis XV.

— Vous voir, sire.

Le roi lui accorda l'entrée des jardins. Sa fortune était faite. Il devint bientôt le maître à graver de Mme de Pompadour, qui s'amusait à tailler des

---

a. *La Relique de Molière du cabinet du baron Vivant Denon*, par M. Ulric Richard-Desaix. Paris, Vignères, 1880, pp. 11 et 12.

b. *Le Bon Père*, comédie, Paris, 1769, in-12.

pierres fines. Car il faut dire qu'il dessinait lui-même et gravait très joliment. Louis XV aimait l'esprit, parce qu'il en avait. Denon le charma en lui faisant des contes. Il le nomma gentilhomme de la chambre. Il lui disait à tout événement :

— Contez-nous cela, Denon.

Et, comme Shéhérazade, Denon contait toujours, mais ses contes étaient d'un ton plus vif que ceux de la sultane. Et l'on enrageait de voir que, plaisant aux femmes, il plaisait aussi aux hommes. Après la mort de la marquise, il se fit envoyer à Saint-Pétersbourg, puis à Stockholm, comme attaché d'ambassade, enfin, à Naples, où il resta, je crois, sept ans. Là il se partagea entre la diplomatie, les arts et la belle société. On peut se le figurer, jeune, d'après un portrait à l'eau-forte où il s'est représenté un crayon à la main, sous une architecture à la Piranèse. Son chapeau de feutre aux bords souples, sa large collerette, son manteau véni-tien, son air souriant et rêveur lui donnent l'air de sortir d'une fête de Watteau. Les cheveux bouffants, l'œil vif et noir, le nez un peu retroussé, carré du bout, les narines friandes, la bouche en arc et creusée aux coins, les joues rondes, il respire une gaieté aimable et fine, avec je ne sais quoi d'attentif et de contenu. Il gravait alors de nombreuses planches dans la manière de Rembrandt et même il fut reçu de l'Académie de peinture sur l'envoi d'une *Adoration de bergers*, qu'on dit médiocre. À ses grandes planches d'après Le Guerchin ou Potter on préfère aujourd'hui les compositions de style familier où il montra son esprit d'observation avec une pointe de fine malice. En ce genre, *le Déjeuner de Ferney* est son chef-d'œuvre : courtisan de Louis XV, il s'honora en se faisant le courtisan de Voltaire. Il se présenta à Ferney et, comme on hésitait à le recevoir, il fit dire au philosophe qu'étant gentilhomme ordinaire il avait le droit de le voir ; c'était traiter Voltaire en roi. Il rapporta de cette visite la planche dont nous parlons, où Voltaire apparaît si vivant et si étrange sous sa coiffe de nuit, vieux squelette agile, aux yeux de feu, en robe de chambre et en culotte. Et Denon retourne sous le beau ciel de l'Italie où il goûte en délicat la grâce des femmes et la splendeur des arts. La Révolution éclate. Il ne s'émeut guère et dessine sous les orangers.

Tout à coup il apprend que son nom est sur la liste des émigrés, que ses biens sont mis sous séquestre. Il n'hésite pas. Ce voluptueux n'a jamais craint le danger : il rentre en France hardiment. Et il n'a pas tort de se fier en son adroite audace.

À peine est-il à Paris qu'il a mis David dans ses intérêts et gagné les membres du Comité de salut public. On lui rend ses biens ; on lui commande des dessins de costumes. Il est aimé, protégé, favorisé, comme aux jours de la marquise.

Et le voilà traversant la Terreur, sans bruit, observant tout, ne disant rien, tranquille, curieux. Il passe de longues heures au tribunal révolutionnaire, crayonnant dans le fond de son chapeau, d'un trait mordant, les accusés, les condamnés. Aujourd'hui Danton, calme dans sa vulgarité robuste. Demain Fouquier larmoyant et Carrier étonné. Quelques-uns de ses dessins, gracieusement prêtés par M. Auguste Dide, figuraient à l'exposition de la Révolution organisée par M. Étienne Charavay dans le pavillon de Flore. Quand on les a vus une fois, on ne peut les oublier, tant ils ont de vérité et d'expression, tant ils sont

frappants. Denon regardait, attendait. Le 9 thermidor
lui fit perdre des protecteurs qu'il ne regretta point. La
bohémienne lui avait prédit l'amitié des femmes et les
faveurs de la Cour. Et il avait été aimé, il avait été
favorisé. La bohémienne lui avait annoncé enfin une
étoile éclatante. Cette dernière promesse devait s'ac-
complir aussi. L'étoile se levait sur l'heureux déclin de
cette vie fortunée. En 1797, il rencontre, dans un bal,
chez M. de Talleyrand, un jeune général qui demande
un verre de limonade. Denon lui tend le verre qu'il
tient à la main. Le général remercie ; la conversation
s'engage, Denon parle avec sa grâce ordinaire et gagne
en un quart d'heure l'amitié de Bonaparte.

Il plut tout de suite à Joséphine et devint de ses
familiers. L'année suivante, comme il était dans le
cabinet de toilette de la créole, se chauffant à la
cheminée, car l'hiver durait encore :

— Voulez-vous, lui dit-on, faire partie de l'expédition d'Égypte ?

Les savants de la commission étaient déjà en route.
La flotte devait mettre à la voile dans quelques jours.

— Serai-je maître de mon temps et libre de mes
mouvements ?

On le lui promit.

— J'irai.

Il était âgé de plus de cinquante ans. Dans toute la
campagne, il montra une intrépidité charmante. Le
portefeuille en bandoulière, la lorgnette au côté, les
crayons à la main, au galop de son cheval, il devançait
les premières colonnes pour avoir le temps de dessiner
en attendant que la troupe le rejoignît. Sous le feu de
l'ennemi, il prenait des croquis avec la même tranquil-
lité que s'il eût été paisiblement assis à sa table, dans

son cabinet. Un jour que la flottille de l'expédition remontait le Nil, il aperçut des ruines et dit : « Il faut que j'en fasse un dessin. » Il obligea ses compagnons à le débarquer, courut dans la plaine, s'établit sur le sable et se mit à dessiner. Comme il achevait son ouvrage, une balle passe en sifflant sur son papier. Il relève la tête, et voit un Arabe qui venait de le manquer et rechargeait son arme. Il saisit son fusil déposé à terre, envoie à l'Arabe une balle dans la poitrine, referme son portefeuille et regagne la barque.

Le soir, il montra son dessin à l'état-major. Le général Desaix lui dit :

— Votre ligne d'horizon n'est pas droite.

— Ah ! répond Denon, c'est la faute de cet Arabe. Il a tiré trop tôt.

À deux ans de là il était nommé par Bonaparte directeur général des musées. On ne peut refuser à cet habile homme le sens de l'à-propos et l'art de se plier aux circonstances. Il avait quitté sans regret le talon rouge pour les bottes à éperon. Courtisan d'un empereur à cheval, il suivit de bon cœur son nouveau maître dans ses campagnes, en Autriche, en Espagne, en Pologne. Autrefois il expliquait des médailles à Louis XV, dans les boudoirs de Versailles. Maintenant, il dessinait au milieu des batailles sous les yeux de César et charmait les vétérans de la Grande Armée par son mépris élégant du danger. À Eylau, l'Empereur vint lui-même le tirer du plateau balayé par la mitraille.

Il n'avait presque point quitté l'Empereur pendant la campagne de 1805 ; à Schœnbrunn, il eut l'idée de la colonne triomphale qui s'éleva bientôt sur la place

Vendôme. Il en dirigea l'exécution et surveilla soigneusement l'esquisse de cette longue spirale de bas-reliefs qui tourne autour du fût de bronze. C'est à un peintre, et à un peintre obscur, Bergeret, qu'il demanda ces compositions dont il avait réglé lui-même toute l'ordonnance. Le style en est monotone et tendu. Les figures manquent de vie et de vérité : mais c'est un petit inconvénient, puisqu'on ne les distingue pas à la hauteur où elles sont placées et qu'on n'en peut voir les détails que dans la gravure en taille douce d'Ambroise Tardieu[a].

En 1815, Denon résista vainement aux réclamations des alliés qui mirent la main sur le Louvre enrichi des dépouilles de l'Europe. Ce musée Napoléon, trophée de la victoire, fut impérieusement réclamé : il fallut tout rendre, ou presque tout. Denon ne pouvait rien obtenir et il le savait : car il n'était point homme à nourrir de folles illusions. Mais il s'honora en tenant tête aux réclamants armés. Quand l'étranger emballait déjà statues et tableaux, M. Denon négociait encore. Ami des arts, bon patriote, fonctionnaire exact, il fut parfait. Il ne sauva rien, mais il se montra honnête homme, ce qui est bien quelque chose. Il fut ferme avec politesse et gagna la sympathie des négociateurs alliés.

Et quelles sympathies pouvaient se refuser à ce galant homme ? Il ne déplaisait pas au roi, et il ne tenait qu'à lui d'achever dans la faveur de Louis XVIII une existence qui avait eu la faveur de tant de maîtres divers. Mais il avait un tact exquis, le sentiment de la mesure, l'instinct de ne jamais forcer la

---

a. *La Colonne de la Grande Armée, gravée par Tardieu*, s. d., in-f°, avertissement.

destinée. Il garda son poste au Louvre tout le temps qu'il y eut une œuvre d'art à disputer aux Puissances. Puis, quand la dernière toile, le dernier marbre fut emballé, il remit sa démission au roi[a].

À partir de novembre 1815, il se repose et son unique affaire est de vieillir doucement. Toujours aimable, toujours aimé, causeur plein de jeunesse, il reçoit toutes les célébrités de la France et du monde dans son illustre retraite du quai Voltaire.

L'âge a blanchi la soie légère de ses cheveux et creusé son sourire dans ses joues. Il est le septuagénaire charmant que Prudhon a peint dans le beau portrait conservé au Louvre. Le baron sait bien que sa vie est une espèce de chef-d'œuvre. Il n'oublie ni ne regrette rien ; son burin, parfois un peu libre, rappelle dans des planches secrètes les plaisirs de sa jeunesse. Ses causeries aimables font revivre tour à tour la cour de Louis XV et le Comité de salut public.

Aujourd'hui c'est lady Morgan, la belle patriote irlandaise, qui lui rend visite, traînant avec elle sir Charles, son mari, grave et silencieux.

M. Denon montre à la jeune enthousiaste les trésors de son cabinet. Elle admire pêle-mêle les vases étrusques, les bronzes italiens et les tableaux flamands ; les propos du vieillard qui vit tant de choses l'enchantent. Tout à coup elle découvre dans une vitrine un petit pied de momie, un pied de femme.

— Qu'est-ce cela ?

Et le vieillard lui apprend qu'il a trouvé ce petit pied dans la nécropole tant de fois violée de la Thèbes aux Cent Portes.

---

a. *Le Louvre en 1815*, par Henry de Chennevières, *Revue Bleue*, 1889, n[os] 3 et 4.

— C'était sans doute, dit-il, le pied d'une princesse, d'un être charmant, dont la chaussure n'avait jamais altéré les formes et dont les formes étaient parfaites. Quand je le trouvai, il me sembla obtenir une faveur et faire un amoureux larcin dans la lignée des Pharaons[a].

Et il s'anime à l'odeur de la femme. Il admire avec tendresse la courbure élégante du cou-de-pied, la beauté des ongles teints de henné, comme en sont teints encore les pieds des modernes Égyptiennes. Et, suivant le fil de ses souvenirs, il raconte l'histoire d'une indigène qu'il a connue à Rosette.

« Sa maison était en face de la mienne, dit-il, et, comme les rues de Rosette sont étroites, nous eûmes bien vite fait connaissance. Mariée à un *roumi,* elle savait un peu d'italien. Elle était douce et jolie. Elle aimait son mari, mais il n'était pas assez aimable pour qu'elle ne pût aimer que lui. Il la maltraitait dans sa jalousie. J'étais le confident de ses chagrins : je la plaignais. La peste se déclara dans la ville. Ma voisine était si communicative qu'elle devait la prendre et la donner. Elle la prit en effet de son dernier amant et la donna fidèlement à son mari. Ils moururent tous trois. Je la regrettai ; sa singulière bonté, la naïveté de ses désordres, la vivacité de ses regrets m'avaient intéressé[b]. »

Mais lady Morgan, qui va d'une vitrine à l'autre, promenant parmi les débris des temps sa tête vive et

---

a. *Voyage dans la Basse et la Haute Égypte, pendant les campagnes du général Bonaparte,* par Vivant Denon, an X, in-12, t. II, pp. 244, 245.

b. Denon, *loc. cit.,* t. I, pp. 149, 150. — On me pardonnera, pour la femme du roumi comme pour le pied de momie, d'avoir mis dans la bouche de Denon ce qu'en réalité j'ai trouvé dans sa relation.

brune, pousse un cri. Elle a vu, pendu au mur, le masque en plâtre de Robespierre.

— Le monstre ! s'écrie-t-elle.

Le bon baron n'a pas de ces haines aveugles. Pour lui, Robespierre fut un maître qu'il a conquis comme les deux autres, Louis XV et Napoléon. Il conte à la belle indignée comment il s'est rencontré une nuit avec le dictateur. Il était chargé de dessiner des costumes. On lui manda de se présenter, pour cet effet, devant le comité qui s'assemblait aux Tuileries à deux heures du matin.

« Je me rendis au palais à l'heure dite. Une garde armée veillait dans les antichambres à peine éclairées. Un huissier me reçut, puis s'éloigna, me laissant seul dans une salle que la lueur d'une seule lampe laissait aux trois quarts dans l'ombre. Je reconnus l'appartement de Marie-Antoinette, où, vingt ans auparavant, j'avais servi comme gentilhomme ordinaire de Louis XV. Pendant que je buvais ainsi dans la coupe amère du souvenir, une porte s'ouvrit doucement, et un homme s'avança vers le milieu du salon. Mais, apercevant un étranger, il recula brusquement : c'était Robespierre. À la faible lueur de la lampe je vis qu'il mettait la main dans son sein, comme pour y chercher une arme cachée. N'osant lui parler, je me retirai dans l'antichambre où il me suivit des yeux. J'entendis qu'il agitait violemment une sonnette placée sur la table.

» Ayant appris de l'huissier accouru à cet appel qui j'étais et pourquoi je venais, il me fit faire des excuses et me reçut sans tarder. Pendant tout l'entretien, il garda dans ses manières et dans ses paroles un air de grande politesse et de cérémonie, comme s'il eût voulu ne pas se montrer en arrière de courtoisie avec un ancien gentilhomme de la chambre. Il était vêtu en petit maître ; son gilet de mousseline était bordé de soie rose. »

Lady Morgan boit les paroles du vieillard ; elle retient tout, pour tout écrire fidèlement, sauf les dates qu'elle embrouille ensuite, selon la coutume de tous ceux qui écrivent des Mémoires.

Avant de prendre congé, elle veut témoigner à M. Denon toute son admiration. Elle lui demande par quel secret il a acquis tant de connaissances.

— Vous devez, lui dit-elle, avoir beaucoup étudié dans votre jeunesse ?

Et M. Denon lui répond :

— Tout au contraire, milady, je n'ai rien étudié, parce que cela m'eût ennuyé. Mais j'ai beaucoup observé, parce que cela m'amusait. Ce qui fait que ma vie a été remplie et que j'ai beaucoup joui[a].

Ainsi le baron Denon fut heureux pendant plus de soixante-dix ans. À travers les catastrophes qui bouleversèrent la France et l'Europe et précipitèrent la fin d'un monde, il goûta finement tous les plaisirs des sens et de l'esprit. Il fut un habile homme. Il demanda à la vie tout ce qu'elle peut donner, sans jamais lui demander l'impossible. Son sensualisme fut relevé par le goût des belles formes, par le sentiment de l'art et par la quiétude philosophique ; il comprit que la mollesse est l'ennemie des vraies voluptés et des plaisirs dignes de l'homme. Il fut brave et goûta le danger comme le sel du plaisir. Il savait qu'un honnête homme doit payer à la destinée tout ce qu'il lui achète.

a. *La France,* par lady Morgan ; traduit de l'anglais, par A. I. B. D. Paris, 1817, t. II, pp. 307 et suiv.

Il était bienveillant. Il lui manqua sans doute ce je ne sais quoi d'obstiné, d'extrême, cet amour de l'impossible, ce zèle du cœur, cet enthousiasme qui fait les héros et les génies. Il lui manqua l'au-delà. Il lui manqua d'avoir jamais dit : « Quand même ! » Enfin, il manqua à cet homme heureux l'inquiétude et la souffrance.

En descendant l'escalier du quai Voltaire, la jeune Irlandaise, qui avait beaucoup sacrifié à la patrie et à la liberté, murmura ces paroles :

« Les habitudes de sa vie ne lui permirent de prendre les armes pour aucune cause. »

Elle avait touché le défaut de cette existence heureuse[a].

Tel fut le baron Dominique-Vivant Denon. Nous avons ravivé sa mémoire à propos d'un petit conte intitulé : *Point de lendemain,* que la librairie Rouquette vient de réimprimer à peu d'exemplaires, avec de jolies gravures. On ne s'avise point de tout. Je songe un peu tard que ce conte, qui est un bijou, est peut-être un bijou indiscret qu'il faut laisser sous la clef fidèle des armoires de nos honnêtes bibliophiles. Je dirai seulement que je ne partage pas les incertitudes du nouvel éditeur qui ne sait trop s'il faut attribuer *Point de lendemain* à Denon ou à Dorat.

Ce léger chef-d'œuvre est, assurément, de Vivant

---

a. J'ai passé une grande partie de mon enfance et de mon adolescence dans cette maison où Denon, un demi-siècle auparavant, coulait sa vieillesse élégante et ornée. J'ai gardé un souvenir charmé de ce beau quai Voltaire, où j'ai pris le goût des arts, et c'est pour cela peut-être que j'ai si grande envie d'étudier en détail la vie et l'œuvre du baron Denon. Je m'en donnerai, quand je pourrai, le plaisir. En attendant, si quelque personne a sur ce sujet des documents inédits, qu'elle ne veuille point employer elle-même, je lui serais infiniment obligé de m'en faire part.

Denon. Je m'en rapporte sur ce point à Quérard et à Poulet-Malassis qui n'en doutaient point. M. Maurice Tourneux, que je consultais hier, n'en doute pas davantage. Ce sont là de grandes autorités.

ANATOLE FRANCE

# DOSSIER

# Vivant Denon
## *Point de lendemain*

1747. 4 janvier. Naissance à Chalon-sur-Saône de Dominique Vivant Denon, fils de Vivant Denon, de petite noblesse, et de Marie Nicole Boisserand. La famille possède une vigne à Gevrey-Chambertin. Elle est assez riche pour assurer l'indépendance financière de Vivant Denon tout au long de sa vie.
Le jeune homme monte à Paris faire ses études, accompagné de son précepteur, l'abbé Buisson.
1769. Il travaille dans l'atelier du peintre Boucher, il s'initie à la gravure.
14 juin. La Comédie-Française joue une comédie de Denon, *Julie, ou le Bon Père*. C'est un échec. La pièce, selon Bachaumont, « déclare une rage de composer qu'il faut étouffer dès sa naissance ». Collé prédit que le jeune homme « n'aura jamais ni talent ni génie » et « doit absolument renoncer à composer ». L'auteur réussit mieux sur le grand théâtre du monde. Il

aurait séduit le vieux Louis XV, en se faisant remarquer de lui. « Que voulez-vous ? », aurait demandé le roi. « Vous regarder, sire. » Le jeune homme est chargé du soin de la collection de pierres gravées que Mme de Pompadour avait laissée au roi, puis nommé G.O.D.R. (gentilhomme ordinaire du roi).

1771. Il devient secrétaire d'ambassade à Péters-bourg. Il traverse l'Allemagne pour gagner son poste, visite Berlin et Potsdam. Il est rapide-ment introduit dans l'aristocratie russe et rend compte à son gouvernement de la situation locale : premier partage de la Pologne entre Russie, Prusse et Autriche, guerre entre la Russie et la Turquie, révolte de Pougatchev, intrigues autour de la tsarine Catherine II.

1773. Denon rencontre sans doute Diderot qui vient d'arriver à Pétersbourg à l'invitation de Cathe-rine II.

1774. Mai. Il est compromis avec un conseiller de légation, le chevalier de Langeac, dans une tentative pour aider à s'enfuir une actrice fran-çaise, Mlle Dorseville, accusée d'espionnage. Les deux hommes sont expulsés par le gouver-nement russe. Denon est envoyé à Stockholm où son ambassadeur est le comte de Vergennes. Vergennes, bientôt nommé ministre des Affaires étrangères, appelle Denon auprès de lui à Paris.

1775. Denon est à Genève, sans doute pour une mission diplomatique auprès des cantons suisses. Le 3 juillet, il demande audience à Voltaire, retiré à Ferney : « J'ai un désir infini de vous rendre mon hommage. » Le Patriarche se laisse séduire : « Mort ou vif, votre lettre me donne un extrême désir de profiter de vos bontés. Je ne dîne point, je soupe un peu. Je vous attends donc à souper dans ma caverne. » Denon rend visite au Philosophe, il en profite pour le dessiner dans son intimité. Le dessin s'intitule *Le Déjeuner de Ferney*, il suscite la curiosité à Paris. Voltaire s'inquiète. S'ensuit un échange aigre-doux entre le Philosophe et son jeune visiteur.

1777. Publication de *Point de lendemain* dans les *Mélanges littéraires, ou Journal des dames* de Dorat. Le conte est signé « par M.D.G.O.D.R. ».

Octobre-novembre. Par Lyon et Marseille, il se rend en Italie ; il prend le bateau pour Civita-Vecchia, visite Rome, puis Naples. Il sait l'italien et s'est acquis une compétence d'antiquaire. Il est chargé par l'abbé de Saint-Non de collaborer au *Voyage pittoresque*, c'est-à-dire un recueil de planches et de commentaires, que celui-ci prépare.

1778. Denon reste à Naples jusqu'au début mars, explore la ville et sa région, visite les fouilles d'Herculanum et de Pompéi, les ruines de Paestum, assiste à une éruption du Vésuve.

Mars-avril. Il voyage en Calabre.

Mai-novembre. Il séjourne en Sicile, avec une parenthèse à Malte du 4 au 19 septembre.

1779. 26 février. Lettre au ministère des Affaires étrangères, qui est un véritable rapport sur le royaume des Deux-Siciles et qui vaut comme acte de candidature à un poste officiel. Peu de temps après, Denon est effectivement nommé secrétaire d'ambassade, auprès du marquis de Clermont d'Amboise en poste à Naples. Il s'initie aux arcanes de la cour de Naples, dessine et grave ce qu'il voit, et s'adonne aux joies du collectionneur.

1780. *Point de lendemain* est réédité dans les œuvres de Dorat qui meurt cette année-là.

1781. Le *Voyage pittoresque, ou Description des royaumes de Naples et de Sicile* de l'abbé de Saint-Non commence à paraître à Paris sous forme de luxueux in-folio. La collaboration de Denon n'y est pas reconnue à sa juste valeur : celui-ci donnera en 1788 un « Voyage en Sicile » à la suite de la traduction française du *Voyage de Henri Swinburne dans les deux Siciles en 1777, 1778, 1779 et 1780.*

1782. L'ambassadeur Clermont d'Amboise revient en France, Denon est chargé d'affaires. Les intrigues autour de la reine Marie-Caroline de Naples, la propre sœur de Marie-Antoinette, valent bien celles qui entouraient Catherine II à Pétersbourg.

1783. La cour de Naples demande le rappel du chargé d'affaires.

1784. Versailles envoie le cardinal de Bernis pour enquêter sur la situation locale et nomme pour succéder à Denon comme secrétaire d'ambassade le baron de Talleyrand. Denon prend son temps pour rentrer.

1785. Il séjourne à Chalon, puis se rend à Versailles. Il donne sa démission et se consacre à des activités d'antiquaire et de graveur.

1787. 31 mars. Il est reçu comme graveur à l'Académie de peinture et de sculpture. Son morceau de

réception est *L'Adoration des mages* d'après Luca
Giordano. Il publie une *Lettre de M.D., en réponse
à une lettre d'un étranger sur le salon de 1787.* Il repart
pour l'Italie.

1788. Il s'installe à Venise. Il dessine, grave, collec-
tionne. Il est en contact avec l'aristocratie
vénitienne et avec l'ambassade de France.

1792. Il accueille à Venise le peintre Élisabeth Vigée-
Lebrun qui avait émigré dès 1789 et voyageait
en Italie. « M. Denon que j'avais connu à Paris,
ayant appris mon arrivée, vint me voir aussitôt.
Son esprit et ses grandes connaissances dans les
arts faisaient de lui le plus aimable *cicerone.* »
Mme Vigée-Lebrun précise dans ses mémoires
que, si Denon fut « un de nos Français les plus
aimables », ce n'est pas sous le rapport de la
figure : « car M. Denon, même très jeune, a
toujours été assez laid, ce qui, dit-on, ne l'a pas
empêché de plaire à un grand nombre de jolies
femmes. »
Accusé de sympathies jacobines, il est expulsé
par le Conseil des Dix de la Sérénissime République et part pour Florence. Il apprend qu'il
est inscrit en France sur la liste des émigrés et
que ses biens risquent d'être saisis. Il rentre à
Paris, va voir David, rencontre Robespierre et
devient graveur de la République. Il grave *Le
Serment du Jeu de paume.*

1795. Il ne fait pas partie des membres nommés de
l'Institut, nouvellement créé pour remplacer les
anciennes académies royales.

1796. Il signe une pétition d'artistes demandant une

commission d'experts avant tout enlèvement d'œuvres d'art en Italie.

Il organise une exposition du peintre Gérard, à l'occasion de laquelle il fait la connaissance de Joséphine de Beauharnais. Par elle, il approche Bonaparte.

1798.  Il se fait nommer parmi les artistes et savants de l'expédition d'Égypte. Le 1$^{er}$ mai, il quitte Toulon sur la frégate, la *Junon*; le 2 juillet, il débarque à Alexandrie. Il assiste aux combats d'Aboukir et des Pyramides, visite les ruines. En homme des Lumières, il médite sur les Pyramides : « On ne sait ce qui doit le plus étonner, de la démence tyrannique qui a osé en commander l'exécution, ou de la stupide obéissance du peuple qui a bien voulu prêter ses bras à de pareilles constructions. »

Il suit la division Desaix qui poursuit le chef militaire Mourat-Bey vers la Haute-Égypte. Il remonte ainsi le Nil jusqu'à Assouan et l'île de Philæ. Il dessine, note, enregistre tout ce qu'il voit.

1799.  Août. Il rembarque avec Bonaparte, plusieurs généraux et membre de l'équipe scientifique. De retour à Paris, il entreprend le compte rendu de l'expédition : il rédige le texte et grave les planches.

1802.  Parution du *Voyage dans la Basse et la Haute Égypte* qui obtient un vif succès et est traduit en anglais et en allemand. Après les refus de David et de Canova, Bonaparte nomme Denon comme directeur général des musées. Il se met à organiser le musée Napoléon, enrichi de toutes les saisies dans les pays occupés par les armées françaises. Il est également chargé d'organiser la gloire du Premier Consul, puis de l'Empereur dans le domaine des Beaux-Arts. Il commande les portraits officiels et les tableaux de batailles. Il s'occupe même d'urbanisme et des grands travaux parisiens.

1803. Il reçoit la Légion d'honneur.

1$^{er}$ octobre. Il prononce devant la Classe des Beaux-Arts de l'Institut un *Discours sur les monuments de l'Antiquité arrivés de l'Italie.*

1806-1807. Denon suit l'Empereur dans sa campagne en Pologne et en Prusse, il assiste sans doute à la bataille d'Eylau, il dessine, relève des plans, prépare le programme de toiles commémoratives. Il organise le pillage des musées allemands et dresse la liste des tableaux qui célébreront les victoires impériales.

1808-1809. Denon gagne l'Espagne et prélève des tableaux représentant l'École espagnole pour le Musée Napoléon. Il prépare également l'iconographie de la campagne.

1811. Il part de même en Italie pour visiter les carrières de marbre et choisir les tableaux à réquisitionner.

1812. Denon devient baron d'Empire. Seconde édition de *Point de lendemain.*

1814-1815. Denon reste en poste durant la première Restauration, les Cent-Jours, la seconde Restauration. Le Musée Napoléon devient Musée Royal. Le Congrès de Vienne prévoit la restitution des œuvres d'art volées par les armées de Napoléon. Canova est chargé de récupérer les œuvres d'Italie. Même si de nombreuses toiles restent à Paris, c'est la fin du rêve d'un grand musée central de l'art européen. Denon offre sa démission au roi. Il se retire pour se consacrer à ses collections et à ses travaux personnels.

1816. Une Irlandaise, Lady Morgan, lui rend visite, quai Voltaire : « Aucun particulier ne possède à Paris une collection d'objets relatifs aux arts et aux antiquités, aussi curieuse, aussi variée et aussi singulière que celle que renferme l'hôtel du baron Denon. Ces trésors occupent une suite de six appartements [...] »

1825. 26 avril. Denon sort pour assister à une vente d'œuvres d'art, il prend froid, s'alite et meurt le 28. Il est enterré le 30 avril au Père-Lachaise. Son éloge est prononcé par le peintre Gros.

1826-1827. Ses neveux et héritiers décident de disperser ses collections. Plusieurs grandes ventes ont lieu.

1829. Son neveu, le général Brunet, et un ami, le critique d'art Amaury-Duval, publient son recueil de planches, *Monuments des arts du dessin chez les peuples tant anciens que modernes, recueillis par le baron Denon [...] pour servir à l'histoire des arts.*

## NOTE SUR LE TEXTE

Le conte a paru pour la première fois dans les *Mélanges littéraires, ou Journal des dames, dédié à la reine* (juin 1777, t. II, p. 3-46). Le *Journal des dames* est composé par Dorat, mais la nouvelle y est signée « par M.D.G.O.D.R. [1] ». Elle est reprise dans *L'Abeille littéraire, ou Choix des morceaux les plus intéressants de philosophie, d'histoire, de littérature, de poésie, etc.* (Londres, 1779) et dans le *Coup d'œil sur la littérature, ou Collection de différents ouvrages, tant en prose qu'en vers, par M. Dorat, pour servir de suite à ses œuvres* (Amsterdam-Paris, 1780, t. II, p. 226-259). Le texte n'est plus signé. La note liminaire permet au contraire de l'attribuer à Dorat : « Il ne se trouve que dans mes *Mélanges littéraires*; et je l'ai transporté dans cette Collection, pour ceux qui désiraient se le procurer dans un ouvrage moins volumineux. » *Point de lendemain* reparaît cette même année dans la *Collection des œuvres* de Dorat (Paris, 1780) et dans *Les Cinq Aventures, ou Contes nouveaux en prose* par Dorat, avec le titre *Les Trois Infidélités ou l'Envieuse par amour* (Paris, 1802). Trente-cinq ans après l'édition originale, le conte est publié sans nom d'auteur dans une version complètement nouvelle (Paris, Didot, 1812).

Le texte de 1777 a fait l'objet d'une réécriture libertine ou, si l'on préfère, franchement pornographique dont on ne sait s'il faut en attribuer la responsabilité à Vivant Denon. Elle a paru à la fin du XVIIIe siècle sous le titre *La Nuit merveilleuse, ou le Nec plus ultra du plaisir*, avec l'adresse fantaisiste « Partout et nulle part ». Poulet-Malassis signale une « autre amplification érotique », à moins qu'il s'agisse d'une autre édition de *La Nuit merveilleuse*, sous le titre *L'Héroïne libertine ou la femme voluptueuse* (s.l.n.d.). Le texte de

---

1. M. Denon, gentilhomme ordinaire du Roi.

1812 a fait lui aussi l'objet d'une réécriture, assagie, de la part de Balzac qui n'hésite pas à insérer l'œuvre de Denon dans la *Physiologie du mariage,* paru en décembre 1829 (Méditation XXIV, Folio, p. 304-319)[1]. Le texte est encore plus édulcoré dans un abrégé qu'on trouve, sous le titre *Point de lendemain (Historique),* dans *Le Sylphe, journal des salons,* du jeudi 17 décembre 1829. Cette publication semble avoir été provoquée par l'annonce de l'ouvrage de Balzac.

*Point de lendemain* a été régulièrement réédité à partir du Second Empire et, après quelques hésitations, unanimement attribué à Vivant Denon. C'est la version de 1812 que reproduisent toutes les éditions modernes (*Romanciers du XVIII^e siècle,* éd. Étiemble dans la Bibl. de la Pléiade, t. II, 1965 ; éd. René Démoris, Desjonquères, 1987 ; éd. Jean-François Bory, Seuil, coll. « L'École des lettres », 1993 ; *Romanciers libertins du XVIII^e siècle,* éd. Raymond Trousson, Robert Laffont, coll. « Bouquins », 1993 ; *Nouvelles françaises du XVIII^e siècle,* éd. Jacqueline Hellegouarc'h, Le Livre de poche, 1994, coll. « Bibliothèque classique »). *Point de lendemain* a également été réédité en 1993 par Jean-Jacques Pauvert conjointement avec *La Nuit merveilleuse* aux Belles Lettres dans la collection « Le Corps fabuleux » ; l'édition annonce la version de 1777, mais fournit celle de 1812.

Nous proposons, à la suite l'une de l'autre, les deux versions. Celle de 1777 comporte en variantes les adjonctions libertines de *La Nuit merveilleuse* et celle de 1812 les euphémismes auxquels Balzac s'est cru obligé

---

1. Balzac reconnaît emprunter l'histoire à un t. . . . . . . primé à vingt-cinq exemplaires par Pierre Didot ». En 1846, dans l'édition Furne, il précise que « cette narration inédite » est « due, dit-on, chose étrange, à Dorat ».

en 1829, ainsi que ceux du *Sylphe*. On trouvera d'abord le texte de 1812, qui nous paraît le plus subtil, le plus ambigu et esthétiquement le plus réussi.

NOTES

*Version de 1812*

*Page 33.*

1. Épître de saint Paul aux Corinthiens (II, 3, 6). Voltaire fait la même citation à propos de la traduction de Shakespeare : « Ne croyez pas que j'aie rendu ici l'anglais mot pour mot ; malheur aux faiseurs de traductions littérales, qui en traduisant chaque parole énervent le sens ! C'est bien là qu'on peut dire que la lettre tue, et que l'esprit vivifie » (*Lettres philosophiques*, Dix-huitième lettre, sur la tragédie). Rousseau use de la formule pour opposer la hiérarchie sociale à la réalité du mérite : « La lettre tue et l'esprit vivifie. Il s'agit moins d'apprendre un métier pour savoir un métier, que pour vaincre les préjugés qui le méprisent [...]. Abaissez-vous à l'état d'artisan pour être au-dessus du vôtre » (*Émile*, livre III, *Œuvres complètes*, Pléiade, t. IV, p. 471).

*Page 35.*

1. L'abrégé du *Sylphe* explicite : « et comme j'avais souvent l'occasion de rencontrer cette jeune dame dans la société, plus d'une fois j'avais cru remarquer qu'elle ne me voyait pas d'un œil indifférent ».

2. Bastide définit ironiquement la décence comme un « devoir plus indispensable que la vertu », un « voile mieux tissu que l'hypocrisie » (*Dictionnaire des mœurs,* La Haye-Paris, 1773). Le terme est repris quelques lignes plus bas par l'adjectif, « la décente Mme de T... », puis il définit la Comtesse (p. 47), avant de concerner à nouveau pour finir Mme de T... (p. 67). La décence n'est qu'une conformité sociale, dénuée de toute valeur morale, si ce n'est une coquetterie de séductrice, lorsqu'un personnage féminin de La Morlière, recevant le héros, couchée négligemment, dans un déshabillé transparent, « *par décence, faisait des nœuds* » (*Angola,* 1746, Desjonquères, 1991, p. 77). Les cinq mots sont en italique chez La Morlière.

### Page 36.

1. Balzac transforme la phrase : « Sa voix et ses manières avaient de la lutinerie, mais j'étais loin de m'attendre à quelque chose de romanesque. » *Lutinerie* est un néologisme assez rare dont la première occurrence repérée se trouve dans *Les Malheurs de l'inconstance* de Dorat (1772).

2. « le premier acte d'*Otello* » (*Le Sylphe*). Le contraste est ironique entre le drame de la jalousie et l'atmosphère de liberté qui règne dans le conte.

3. « [...] et je suis une grande route sans avoir pu savoir à quoi j'étais destiné » (Balzac).

### Page 37.

1. *Relayer.* « Se servir de relais, changer de chevaux, en prendre de frais » (Dictionnaire de Trévoux).

2. « Je vous le donne en mille. Jetez votre langue aux chiens, car vous ne devinerez jamais ! C'est chez mon mari » (Balzac).

*Page 38.*

1. « Vous êtes jeune, aimable, point manégé ; vous me convenez et me sauverez de l'ennui du tête-à-tête » (Balzac).

2. « Prendre le jour, ou la nuit, d'un racommodement pour faire connaissance » (Balzac).

3. Le « cabinet reculé » d'une séductrice chez La Morlière comporte des « bougies placées derrière des rideaux de taffetas verts, qui semblaient être faits pour rompre la trop grande clarté, et qui ne laissaient que ce demi-jour qui paraissait avoir été inventé pour éclairer les entreprises de l'amour, ou pour ensevelir la défaite de la vertu » (*Angola*, Desjonquères, 1991, p. 80).

4. « le silence pénétrant de la nature » (Balzac).

5. « nos visages s'effleuraient » (Balzac).

*Page 39.*

1. L'*Encyclopédie* définit ainsi l'avant-cour : « C'est dans un palais ou un château à la campagne, une cour qui précède la principale ; comme la cour des ministres à Versailles, et la première cour du Palais-Royal à Paris. Ces sortes d'avant-cour servent quelquefois à communiquer dans les basses-cours des cuisines et écuries qui sont assez souvent aux deux côtés. » Voir un autre emploi du terme dans *La Petite Maison,* p. 108. Balzac supprime le terme qu'il remplace par « la cour ».

2. Balzac parle d' « une tendresse équivoque ».

*Page 40.*

1. « Les veaux de rivière sont des veaux extrêmement gras, qui viennent des environs de Rouen, où il y a de bons pâturages » (Trévoux).

2. Balzac ajoute : « Le mari me regardait d'un air rogue, et je payais d'audace. Mme de T\*\*\* me souriant était charmante, M. de T\*\*\* m'acceptait comme un mal nécessaire, Mme de T\*\*\* le lui rendait à merveille. Aussi, n'ai-je jamais fait en ma vie un souper plus bizarre que celui-là. »

*Page 41.*

1. Balzac ajoute : « Des réflexions ?... J'en fis en une minute pour un an. »

2. Denon semble se souvenir de Marmontel dont il ne retient qu'une situation générale : « Sur les bords de la Seine s'élève en amphithéâtre un coteau exposé aux premiers rayons de l'aurore, et aux feux du midi. Les forêts qui le couronnent le défendent du souffle glacé des vents du nord, et de l'humide influence du couchant » (*L'Heureux Divorce, Contes moraux*, La Haye, 1761, t. II, p. 74).

3. « de l'effet produit par le persiflage conjugal » (Balzac).

*Page 42.*

1. L'abrégé du *Sylphe* arrête ici la narration et passe aussitôt au dénouement : « Nous causâmes ainsi long-temps, bien longtemps. / Les heures s'étaient écoulées, il faisait déjà jour : Mme de T... me quitta brusque-ment et rentra dans son appartement. Je restai dans le jardin, et tandis que je réfléchissais à ma singulière aventure, j'entendis du bruit près de moi. Je levai les yeux, me les frottai, je ne pouvais croire... c'était... qui ?... le Marquis (avec lequel je savais que Mme de T... était intimement liée). " Tu ne m'attendais pas si tôt, me dit-il, n'est-il pas vrai ? " » (voir p. 62).

2. « que nous ne pouvions être que deux amis inattaquables » (Balzac).

*Page 43.*

1. « car l'air de la rivière est glacial, et ne nous vaut rien » (Balzac).

*Page 44.*

1. « Vous êtes modeste !... dit-elle en riant, et vous me prêtez de singulières délicatesses » (Balzac).

*Page 45.*

1. *Circonstancier* signifie « marquer toutes les circonstances », selon Trévoux qui donne pour exemple : « Un bon historien doit circonstancier les événements importants. »

*Page 46.*

1. « les femmes de sa trempe » (Balzac).
2. « Mais, Madame, l'air est vraiment trop glacial pour rester ici ; vous vouliez rentrer ?... dis-je en souriant. — Vous trouvez ?... Cela est singulier. L'air est chaud » (Balzac).

*Page 47.*

1. L'insistance sur la diversité de la femme coquette ou libertine est fréquente dans la fiction du XVIIIe siècle. La Marianne de Marivaux se vante de savoir « être plusieurs femmes en une » tandis que la marquise de Merteuil dans *Les Liaisons dangereuses* prétend à elle seule représenter tour à tour toutes les favorites d'un sérail (lettre X). La référence à Protée est explicite dans *L'Esprit des mœurs au XVIIIe siècle ou la Petite*

*Maison* de Mérard de Saint-Just où un personnage féminin « donne une véritable idée du Protée de la fable » (*Théâtre érotique français au XVIII<sup>e</sup> siècle*, Terrain vague, 1993, p. 340), dans l'*Histoire de Juliette* de Sade où les épouses sont appelées à devenir des Protées pour leur mari, ou dans un roman anonyme de 1791, *Julie philosophe ou le Bon Patriote* : « Vivent les Françaises pour la lutte amoureuse ! [...] Il n'appartient qu'à elles seules de goûter le plaisir et de le donner ; ce sont des Protées qui prennent dans les bras d'un homme les formes les plus enchanteresses, les plus capables d'exciter ses désirs et d'allumer ses sens. » Le narrateur dit plus loin de Mme de T... : « Elle a tous les genres. » (p. 64).

2. « *Convaincre* signifie aussi prouver un crime ou un fait qu'on désavoue, montrer par preuves authentiques qu'un accusé est coupable » (Trévoux).

*Page 48.*

1. Dans la Carte du Tendre de Mlle de Scudéry, la route est directe de Nouvelle Amitié à Tendre sur Inclination. L'adjectif *métaphysique*, à travers Mme de Lambert et Marivaux, renvoie à la préciosité.

*Page 49.*

1. Balzac est plus discret : « C'était un sanctuaire, devait-il être celui de l'amour ? Nous allâmes nous asseoir sur un canapé, et nous y restâmes un moment à entendre nos cœurs. Le dernier rayon de la lune emporta bien des scrupules. La main qui me repoussait sentait battre mon cœur. On voulait fuir ; on retombait plus attendrie. Nous nous entretînmes dans

le silence par le langage de la pensée. Rien n'est plus ravissant que ces muettes conversations. »

*Page 50.*

1. Denon se souvient sans doute des *Sacrifices de l'amour* de Dorat : « Ce calme passionné qui leur [aux caresses] succède, cette langueur, ce recueillement de l'âme, où l'œil détaille ce que la bouche a dévoré, ces moments où l'on jouit mieux, parce qu'on est moins pressé de jouir » (t. I, p. 106).

2. La petite maison de Mme de Merteuil est un « temple d'amour »; pour amadouer un amant, elle lui en offre la clé : « C'est au sacrificateur à disposer du temple » (*Les Liaisons dangereuses*, lettre X). Dans sa pièce érotique, *L'Esprit des mœurs au XVIII^e siècle ou La Petite Maison*, Mérard de Saint-Just file la métaphore . une actrice est placée « sur l'autel », c'est-à-dire sur l'ottomane, et le libertin « lui met le poignard dans le sein ». La métaphore est susceptible d'une inflexion sadique. Selon tel libertin imaginé par Sade, les femmes, « trompées au culte du sacrificateur, se placent sur l'autel en *déesses*, quand elles ne doivent être que *victimes* » (*Aline et Valcour, Œuvres*, Pléiade, t. I, p. 977).

3. Balzac supprime tout le passage, de « Cet amour qui l'effrayait [...] » jusqu'à « [...] plus pur, plus frais ».

4. L'île d'amour est un lieu commun précieux. L'abbé Paul Tallemant lui consacre un roman en 1663, *Le Voyage de l'Île d'amour*, plusieurs fois réédité. « Vers ces beaux lieux, où l'aurore naissante / Aux mortels annonce le jour, / Il est une île florissante / Que l'on nomme l'Île d'amour. / Au fond d'un bois, en

perspective, à l'ombre. / S'élève un temple somp-
tueux ; / On y voit accourir sans nombre / Les amants,
les voluptueux » : ces deux premières strophes de la
« Description de l'Île d'amour » sont récupérées dans
un roman libertin de 1749 où l'île désigne le sexe de la
femme *(Les Sonnettes, ou Mémoires de M. le marquis d'\*\*\*,*
Tchou, 1967, p. 44).

5. Gnide est une ville d'Asie Mineure. « Outre les
fêtes d'Apollon et de Neptune qu'on y célébrait avec la
dernière magnificence, on rendait à Gnide un culte
particulier à Vénus, surnommée Gnidienne ; c'était là
qu'on voyait la statue de cette déesse, ouvrage de la
main de Praxitèle » *(Encyclopédie). Le Temple de Gnide*
est un roman ou un poème en prose de Montesquieu
qui y peint « la délicatesse et la naïveté de l'amour
pastoral, tel qu'il est dans une âme neuve que le com-
merce des hommes n'a point encore corrompue »
(« Éloge de M. le président de Montesquieu », *Encyclopédie,* t. V).

### Page 51.

1. « Les amours de Psyché et de Cupidon sont
connues de tout le monde. Apulée et Fulgence en ont
fait des descriptions fort agréables, mais La Fontaine a
embelli leur roman, par les charmants épisodes qu'il y
a joints, par le tour original qu'il lui a donné et par les
grâces inimitables de son style » *(Encyclopédie).* Le
motif a également inspiré souvent les peintres. Parmi
eux, David peindra *Amour et Psyché* (1817).

2. Balzac supprime toute l'évocation mythologique,
de « La rivière nous paraissait couverte [...] » jusqu'à
« On a cédé. »

*Page 53.*

1. Le couple du *physique* et du *moral* se répand au XVIIIe siècle pour remplacer celui du corps et de l'âme. Buffon fait sensation quand il déclare qu'en amour, seul le physique est bon, formule qui suscite de nombreuses variations. La version initiale se référait, en italique, au « *physique éteint* » du mari (p. 77).

2. Balzac n'est pas si précis : « Quelle douce nuit, dit-elle, nous avons trouvée par hasard ! »

3. « de l'agrément » (Balzac).

4. La formulation appartient à l'époque qui postule une détermination des êtres par le contexte. C'est ainsi que Voltaire évoque l'influence du climat dans un fragment composé en 1727 ou 1728 : « Lorsque je débarquai auprès de Londres, [...] l'air était rafraîchi par un doux vent d'occident, qui augmentait la sérénité de la nature, et disposait les esprits à la joie : tant nous sommes *machine*, et tant nos âmes dépendent de l'action des corps » (*Lettres philosophiques*, projet abandonné, Folio, p. 200).

*Page 55.*

1. Le vocabulaire psychologique sert à désigner les réalités les plus physiques. Un propos similaire est tenu dans un roman de Sade. Un libertin justifie ce que Denon nomme « les ressources artificielles », voire cruelles, pour un vieux mari tel que lui, « très excusable d'employer, auprès de sa tendre épouse, tous les ressorts qui peuvent lui rendre ce qu'il ne doit plus attendre de sa vigueur » (*Aline et Valcour,* éd. citée, p. 976).

*Page 59*

1. L'italique souligne le terme technique. Le Trévoux de 1771 indique le terme *pluche*, « espèce d'étoffe » et renvoie à *peluche*, « étoffe toute de soie [...] dont on a laissé le poil long ». Il précise : « On prononce et quelques-uns même écrivent *pluche*. » Il donne l'adjectif *peluché* comme un terme de fleuriste, et ajoute : « On le dit aussi des étoffes qui sont velues. » Marc-Antoine Laugier vante les pelouses dans un parc, qu'il compare à un tapis : « C'est un duvet très doux sur lequel le pied pose mollement [...]. Une belle pelouse est le tapis de pied le plus doux et le plus convenable aux allées de jardin » (*Essai sur l'architecture*, Paris, 1755, p. 246).

2. *Carreau* « signifie aussi un grand oreiller ou coussin carré que les personnes d'un certain rang font porter à l'église pour se mettre à genoux plus commodément [...]. On a aussi des carreaux dans les chambres pour s'asseoir ou s'accouder » (Trévoux).

*Page 60.*

1. Toute la scène d'amour, depuis « Si vous me promettiez d'être sage » (p. 56) jusqu'ici, est supprimée par Balzac qui se contente de noter : « Je jette un voile sur des folies que tous les âges pardonnent à la jeunesse en faveur de tant de désirs trahis, et de tant de souvenirs. »

*Page 61.*

1. « [...] de me demander ce que j'étais à celle que je quittais » (Balzac).

*Page 63.*

1. Balzac croit devoir expliquer : « Plus prudent d'attendre encore deux jours. »

*Page 64.*

1. « À merveille » (Balzac).
2. « Adorable » (Balzac).

*Page 65.*

1. « Oh ! j'ai été reçu comme un chien » (Balzac).
2. Balzac explique : « un appartement que je ne connaissais pas ».

*Page 66.*

1. « On savait que ma santé était délicate, le pays était humide, fiévreux, et j'avais l'air si abattu, qu'il était clair que le château me deviendrait funeste » (Balzac). « On me trouvait un air abattu qui faisait craindre pour ma santé » *(Le Sylphe)*.

*Page 67.*

1. Balzac ajoute une réplique du narrateur : « Madame, dis-je d'un son de voix dont elle comprit l'émotion, recevez mes adieux... » et poursuit : « Elle nous examina, moi et le Marquis, d'un air inquiet [...]. »
2. « Elle en rit sous cape avec moi » (Balzac).

*Page 68.*

1. Balzac ajoute : « [...] d'un beau rêve !... dit-elle en me regardant avec une incroyable finesse. Mais adieu. Et pour toujours. Vous aurez cueilli une fleur solitaire née à l'écart, et que nul homme... Elle

s'arrêta, mit sa pensée dans un soupir ; mais elle réprima l'élan de cette vive sensibilité ; et, souriant avec malice : La Comtesse vous aime, dit-elle. »

## Version de 1777

*Page 72.*

1. Dorat, l'auteur de cette note liminaire, évoque dans la préface aux *Sacrifices de l'amour* (1771) « ces jours d'aisance dans les mœurs [...] où je ne sais quelle philosophie, en se jouant de tout, tarit les sources du bonheur et met un persiflage triste à la place des vrais plaisirs ».

2. La recherche du *bizarre* caractérise le libertin, comme le note déjà Crébillon dans *Les Égarements du cœur et de l'esprit* : « On excuse tous les jours des goûts extraordinaires : plus ils sont bizarres, plus on s'en fait honneur » (coll. « Folio », p. 214). « Je ne sais pourquoi il n'y a plus que les choses bizarres qui me plaisent », reconnaît Valmont dans *Les Liaisons dangereuses* (lettre CX). Rulhière dit du maréchal de Richelieu : « Tout ce qui était bizarre et nouveau échauffait la tête de notre héros » (*Anecdotes sur le maréchal de Richelieu*, éd. Allia, 1993, p. 40). Le scélérat sadien, à son tour, est « sectateur de tous les goûts bizarres de la lubricité » (*Histoire de Juliette, Œuvres complètes*, Cercle du livre précieux, t IX, p. 86).

*Page 73.*

1. L'italique souligne un terme du jargon mondain. Comme Valmont, le libertin apprécie les

« réchauffés » (voir *Les Liaisons dangereuses*, lettre XLVII). Le roman de Laclos raconte l'échec de Valmont à *ravoir* la marquise de Merteuil.

*Page 76.*

1. Être sans conséquence, c'est ne pas être à craindre par une femme. Dans *Le Mariage de Figaro*, Suzanne traite ainsi Chérubin qui est « un enfant de treize ans » de « morveux sans conséquence ».

2. *La Nuit merveilleuse* ajoute une phrase : « Le parfum le plus suave s'exhalait de sa bouche rosée, et pénétrait tous mes sens. »

3. « voulant la retenir entre mes bras, je me trouvai l'une de mes mains sur la gorge la plus ferme et la mieux arrondie... » (*La Nuit merveilleuse*, comme toutes les variantes qui suivent).

4. « commençaient à se brouiller furieusement à mes yeux, j'avais, par la suite du même choc, glissé rapidement ma langue entre les lèvres amincies et divines de Mme de Terville, lorsqu'on se débarrassa ».

*Page 77.*

1. Ajout : « Il était temps, car les effets de ce baiser commençaient à opérer une prodigieuse révolution dans toute ma personne. »

2. Ajout : « Et je me remettais, du mieux qu'il m'était possible, du trouble qu'elle venait de me faire éprouver. »

3. « rêvant à mon personnage, ravi en admiration de la souplesse, de l'agilité de corps et d'esprit de la svelte et charmante Mme de Terville dont les attraits me trottaient dans la tête et m'enflammaient le sang ».

4. « des images de volupté très frappantes ». Sur *physique,* voir p. 53, n. 1.

*Page 78.*

1. Ajout : « C'est où mon impatience, que je dissimulais, attendait cette très appétissante dame, dont j'avais déjà pris un avant-goût si flatteur. »

*Page 79.*

1. « son bras dont j'avais admiré la rondeur, la blancheur et la fermeté ».

2. Ajout : « Cela n'empêchait pas mes doigts, singulièrement agiles, de froisser les alentours de sa gorge qui fléchissait sous le toucher, mais avec une élasticité convenable. »

3. « contrariée ; mais, ardent comme je l'étais, je ne sais comment je n'en fis rien. Je bouillais, je brûlais de la posséder, et cependant je me contraignis. Je suis de bonne foi ; ce raffinement de ma part m'a fait toujours, depuis, détester la mignardise et la coquetterie dans les femmes ».

*Page 80.*

1. Ajout : « et cependant je prenais mes aises, et parcourant avec la plus aimable facilité les trésors d'une des plus belles gorges que j'aie jamais eues à ma disposition, je cherchais, par le léger mouvement que je donnais à deux boutons de roses qui repoussaient agréablement le bout de mes doigts, à appeler le désir dans ce cœur qui battait dessous avec une incroyable vitesse ».

2. Ajout : « (Et cependant mes doigts, comme sur le clavier de l'amour, ne cessaient de voltiger sur cette gorge divine.) »

3. « le baiser, mais dans toute sa plénitude ». *La Nuit merveilleuse* ajoute ensuite un paragraphe supplémentaire : « Dieux ! que devins-je, quand je sentis cette jolie langue, comme dardée par l'Amour lui-même, entrouvrir doucement mes lèvres ardentes, s'insinuer comme un trait de feu, et chercher la mienne pour s'y joindre et la caresser ! Non, jamais je ne peindrai l'état dans lequel cette langue amoureuse et furtive mit tous mes sens. Je me crus transporté au séjour des dieux, ou dans les jardins d'Amathonte, respirant la volupté sur la bouche de la plus enivrante des déesses. » Amathonte est une ville de Chypre où l'on célébrait le culte de Vénus.

4. « ils s'attirent, ils s'accélèrent, ils s'échauffent les uns par les autres ».

5. « un second plus tendre le suivit, puis un autre plus tendre encore ».

6. *La Nuit merveilleuse* ajoute : « Les miens s'exhalaient en abondance, par l'effet très naturel que produisait sur mes sens le tact de cette gorge voluptueuse que j'ai déjà tenté d'esquisser, et sur laquelle mes baisers, aussi successifs que brûlants, s'imprimaient avec des transports dont l'expression est au-dessus de toutes les forces de la peinture et de la poésie. »

*Page 81.*

1. « marcher : elle, fort troublée, fort agitée ; moi, non moins ému, mais cherchant, comme Neptune, à enchaîner les flots tumultueux et prêts à se déborder d'un sang trop fouetté par les baisers que je venais de donner et de recevoir ».

2. « répondis-je, en cherchant, comme l'on dit, à battre le chien devant le loup, pour la voir venir ».

*Page 82.*

1. *La Nuit merveilleuse* ajoute : « Tout ce que je sais, c'est que je ne concevais pas moi-même, au milieu de tout mon beau système de coquetterie masculine, comment, après ce qui venait d'avoir lieu, je pouvais être si retenu. »

2. « Verseuil... Je vous arrête... songez... »

*Page 83.*

1. « troublait, indépendamment des autres boule-versements qui venaient de se passer en moi ».

*Page 84.*

1. « mouvements si contraires ».

2. « à moi, c'est-à-dire à elle ».

*Page 85.*

1. *La Nuit merveilleuse* ajoute : « Les désirs qui me consumaient, d'autant plus fortement que je les avais comprimés avec assez de soin, achevaient encore de mettre la dernière main à son ouvrage. »

2. « Nous enfilions la grande route du sentiment. »

*Page 86.*

1. Les deux phrases (« La main qui voulait... » et « Nos âmes... ») sont remplacées dans *La Nuit merveilleuse* par deux paragraphes :

« Mes mains, plus impatientes que jamais, erraient tantôt sur deux pommes charmantes, dont le poli et la fermeté le disputaient au marbre, tantôt sur des cuisses d'albâtre, dont la douceur et l'embonpoint charmaient

le tact, tantôt sur le centre de tous les plaisirs, dont un
rétif nombreux et touffu ne semblait défendre l'entrée
que pour la rendre encore plus piquante et plus
désirable à l'amant transporté ; tantôt enfin sur des
fesses dont l'élasticité, la rondeur et le moelleux
n'avaient d'égal que la souplesse et les heureuses
formes que donne la volupté. Je touchais tout, je pillais
tout, je voulais tout dévorer ; ma langue impatiente...
Mais une main me repoussait, ou plutôt voulait me
repousser. Alors elle sentait battre mon cœur : on
voulait me fuir ; on retombait plus attendrie. Un doigt
aussi actif qu'intelligent, glissé à propos dans le
pourpris des voluptés, la rend favorable encore à mes
désirs : ses cuisses chatouilleuses et plus agitées
s'entrouvrent ; un frémissement enchanteur fait palpi-
ter toutes les parties de son être ! Je saisis l'instant, je
pénètre hardiment jusqu'au fond du sanctuaire des
amours : un cri doux et étouffé m'avertit qu'elle est
heureuse ; ses soupirs prolongés m'annoncent qu'elle
l'est longtemps ; le mouvement précipité de ses reins
dont mes doigts habiles provoquent l'agilité, ne fait
que me confirmer ce que ses gestes et sa voix m'ont
assez indiqué : je redouble d'ardeur et d'audace : un
" Ah ! fri - pon ", prononcé en deux temps, mais de
cette voix mourante du plaisir qui renaît, double mes
forces, mes désirs et mon courage ; nos langues s'unis-
sent, se croisent, se collent l'une à l'autre ; nous nous
suçons mutuellement ; nos âmes se confondent, se
multiplient à chacun de nos baisers ; nous tombons
enfin dans ce délicieux anéantissement auquel on ne
peut rien comparer que lui-même.

» Oh ! que la douce rage d'amour de Mme de
Terville était voluptueuse et charmante[1] qu'elle

s'entendait bien à varier toutes les nuances, à couper les phrases, à prolonger l'extase! Comme avec elle, une vive et rapide secousse, soutenue d'un mouvement onduleux, et je dirais presque divin, vous ramenait délicieusement au point dont elle ne voulait pas que vous vous éloigniez! Comme, sous ses jolies mains, vous renaissiez heureux et brillant! Comme elle en profitait habilement! Elle était sous moi, se repliant comme une anguille qui serait entortillée autour du plaisir, pour le fixer dans sa course. Oh! quelle femme! et quels détails charmants! et surtout quelle jouissance adorable! »

Au début du premier paragraphe, le terme *rétif* qui n'est pas lexicalisé et semble un dérivé de *rêt* a été remplacé dans les rééditions par *réseau*. Il reparaît p. 87, var. 3.

2. « Elle se réfugiait dans mes bras, tantôt cachant sa tête dans mon sein, tantôt me découvrant tout à fait, pour imprimer sur ma poitrine mille baisers de feu. Son extrême passion ne dédaignait pas de les faire partager à l'instrument de nos plaisirs, que ses aimables morsures et ses vives caresses ne manquaient pas de ranimer. »

3. « à mes approches ».

4. Les deux occurrences d'*amour* dans cette phrase ainsi que celle de la phrase suivante sont remplacées dans *La Nuit merveilleuse* par *volupté*.

5. *La Nuit merveilleuse* ajoute : « Telle est la marche de l'amour. »

*Page 87.*

1. « palpitation que causaient à nos cœurs les plaisirs que nous venions de goûter ».

2. « dans les flots avec d'aimables néréides. Ma folle imagination, montée par les récentes titillations des charmes que je venais de presser, me représentait ces nymphes, les unes mollement renversées, soulevant entre leurs bras ces fripons ailés, et pompant, d'une bouche altérée de plaisirs, tous les feux dont elles voulaient être consumées, tandis que de jeunes tritons, excités par des charmes que la surface du fleuve rendait encore plus voluptueux, confondaient leur être avec celui des naïades éperdues, les autres, poursuivies jusqu'au fond des eaux, caressées, baisées sur toutes les parties de leurs corps souples et dégagés, faisaient bouillonner les ondes des amples libations qu'elles épanchaient en l'honneur du dieu des plaisirs. Pour la rive de ce fleuve enchanté, jamais les forêts de Gnide ne furent si peuplés d'amants. »

3. *La Nuit merveilleuse* ajoute : « Sa gorge, renversée et éparse, pour ainsi dire, par une des plus voluptueuses attitudes que ce dieu ait inventées ; ses cuisses admirablement écartées, et toutes frémissantes de la volupté qui les agitait ; ce rétif noir et touffu qui ne repoussait le toucher que pour appeler ses excursions ; sa conque enchanteresse et délicieusement humide des pleurs de l'amour heureux ; le tendre et rapide mouvement de ses reins que la main du plaisir semblait soulever ; ses bras, tantôt jetés sur le canapé, tantôt suspendus et tantôt raidis et entrelacés autour de mes flancs ; ses secousses ravissantes que l'Amour seul sait à propos diriger et marquer les temps, cette bouche tapissée de roses, d'où s'exhalaient des soupirs parfumés, cette langue active qui me communiquait incessamment le nectar des dieux, telles étaient les armes avec lesquelles Mme de Terville me provoquait

à de nouveaux combats. Aussi heureux qu'Adonis, je répondais à ses caresses avec toute la vigueur d'Alcide. Elle mourait pour renaître et renaissait pour mourir, et dans les intervalles du bonheur mutuel, l'adresse et l'agilité d'un doigt régénérateur suppléant à la force de l'amant d'Omphale, faisaient encore celui de Mme de Terville. » Alcide et l'amant d'Omphale désignent bien sûr Hercule.

*Page 88.*

1. « On a cédé pour je ne sais plus quelle fois. »
2. « son de voix angélique, comme les plaisirs qu'elle venait de me faire goûter ».
3  « vous résister un moment ».

*Page 89.*

1. « toujours à demi propice ? — En est-il qui puisse te l'être encore à demi, quand je suis avec toi ? »
2. « aussi peu avancé ».
3. *La Nuit merveilleuse* ajoute : « Elle ne le fut point, et je dois le dire en l'honneur de la vérité, de ses charmes et de la puissance que je me sentais auprès d'elle : une nouvelle attitude que, sans doute, le génie de la volupté inspira à l'amour, mit le comble aux délices de notre promenade. Troussée à souhait, jusqu'au-dessus des hanches, Mme de Terville s'était assise sur moi : le contact immédiat de ses formes rondes et potelées secondait merveilleusement l'action énergique de l'instrument de nos plaisirs. Celui-ci, tapi soudain dans le centre des voluptés, s'y trouvait pour ainsi dire, arrêté, fixé, accroché par l'union de son poil avec le mien. Une humidité charmante, causée par l'incroyable activité des désirs de cette aimable femme,

ajoutait encore à la vivacité de mes transports ; une de mes mains passée le long de sa cuisse, agitait douce-ment le bas du promontoire qui couronnait le sanc-tuaire de l'amour, dans lequel j'étais comme à poste fixe, tandis que l'autre main, errante sur deux tétons placés à égale distance, en chatouillait alternativement les deux effrontés boutons. La douce fraîcheur du zéphyr, auquel, à des intervalles marqués, le mouve-ment bien ménagé de ses formes élastiques donnait passage entre elles et le haut de mes cuisses, nourris-sait admirablement le feu de cette imperturbable forge. Une langue (le dard de l'amour), qui se glissait le long de mes joues, entre mes lèvres impatientes de la sucer, me lançait le nectar et l'ambroisie. Bref, cette langue si suave et si douce, cette gorge si ferme et si ronde, ces reins si agiles, cette croupe merveilleuse, ces cuisses si mobiles, si polies, ce poil noir comme du jais, et mutin comme un ressort, ce réduit secret de tous les plaisirs, humecté de toutes les larmes de l'amour fortuné, et par-dessus, l'être incompréhensible qui donnait à tout cela le mouvement et la vie, tout, dans ce délicieux moment, concourait à me rendre cette posture la plus voluptueusement piquante de toutes celles que j'aie jamais essayées. »

4. « Cependant la conversation que nous avions interrompue par la scène qui venait de se passer, changea, comme il est facile de se le persuader, d'objet ; elle devint infiniment moins sérieuse. »

5. « Quelle douce nuit. »

*Page 93.*

1. *La Nuit merveilleuse* ajoute : « Et qu'on me dise pourquoi, en la regardant, je ne fus pas fâché du choix

qu'on fit d'elle ! » Cette interpolation annonce la scène
de la p. 97.

2. « artistement pratiquée dans le lambris ».

3. Nouvelle adjonction : « Je l'avoue, mon imagination dévorait encore tous les appas que recelait seule
cette simple robe. »

*Page 94.*

1. *La Nuit merveilleuse* ajoute : « Je ne puis encore
m'empêcher de rire, en ce moment, du ton hypocrite
dont je proférai ces paroles, et de l'air analogue dont je
les accompagnai. Je remarquai en passant que les
femmes aiment beaucoup qu'on ait cet air-là avec
elles. »

*Page 95.*

1. « Ce fut là qu'alla tomber avec négligence la
reine de ce lieu. Je me précipitai à ses pieds. »

*Page 96.*

1. *La Nuit merveilleuse* ajoute un paragraphe : « Ma
bouche fixée sur sa bouche, ma langue fendant légèrement ses lèvres de corail, un bras collé autour de sa
taille, un autre, aidant ma main à découvrir des
charmes qu'il me semblait que je touchais pour la
première fois, un doigt agile et pénétrant qui, en
servant ses désirs, allumait tout le feu des miens, ces
poils nombreux et mutins dont l'opiniâtre ressort
caressait cette main empressée et furetante, le balance-
ment, tantôt brusque et tantôt ménagé, de ses jambes
et de ses cuisses, les ondulations cadencées de ses fesses
et de ses reins, et cette haleine de roses qui me soufflait
la volupté dans tous les sens, tant de détails enchan-

teurs que l'imagination ne saisit pas, mais que le contact dessine jusque dans la moindre fibre, décuplaient mes désirs et mes forces. Le dard de l'amour, plus enflammé, plus brûlant, avait pénétré, pour ainsi dire, jusqu'à ses reins, dont la souplesse et les mouvements ne pouvaient se comparer qu'à l'agilité des miens. Nos langues se mêlaient, se serraient ; nos dents même s'entrechoquaient ; collés étroitement l'un à l'autre, nous fermions hermétiquement l'entrée de l'asile où s'était introduit le dieu du plaisir, que nous honorions par les plus douces libations. »

2. Le dieu des jardins est Priape qui incarne la fécondité de la végétation. Il est traditionnellement représenté en pleine érection.

*Page 97.*

1. *La Nuit merveilleuse* ajoute ici une nouvelle scène érotique : « Quel homme, ou plutôt quel démon étais-je donc, grands dieux ?... Ou bien le nectar que je venais de boire à longs traits avait-il doublé mes puissances ? Cette femme, ou plutôt cette fille, était une brune piquante, très fraîche, que mon regard, comme on l'a vu, n'avait pas négligée. Mme de Terville venait de disparaître ; je trouvai plaisant de faire participer la jolie soubrette aux mystères que je venais de célébrer avec sa maîtresse. Une main rapide portée à sa gorge qui était très ferme, la mit sur-le-champ au fait de mon petit projet. Un mouton charmant n'est pas plus doux. Mlle Rosalie (c'était le nom de ce joli ange) tombe aussitôt sur une espèce de lit de repos, qui se trouvait là ; puis m'attirant à elle, en pompant tous les baisers que lui prodiguait ma bouche, elle introduisit avec intelligence dans la

mienne une langue mince et non moins frétillante que
celle de sa belle maîtresse. Cependant une autre main
parcourait onduleusement toutes les parties charnues
de ce corps charmant, qui n'avait d'égal en souplesse,
comme en beauté, que celui de Mme de Terville. Leur
frémissement spontané, surtout quand je fus parvenu à
la source des plaisirs, et que j'en agitai légèrement les
parois, m'avertit qu'il était temps d'ouvrir la tranchée.
Alors, faisant voler les jupes de Mlle Rosalie par-
dessus sa tête, mes yeux enchantés, éblouis, se repais-
sent avec avidité de l'aspect des appas les mieux
façonnés qu'ait jamais touchés la main d'un connais-
seur. Figurez-vous deux colonnes du plus bel ivoire et
du poli le plus exquis, surmontées de nombreux festons
du plus beau jais, découpés admirablement autour du
portail du temple de l'amour, et s'allant perdre
insensiblement (quittons ici la figure) dans l'entre-
deux d'un derrière de soubrette (c'est-à-dire ferme,
potelé, blanc et dur comme du marbre) ; voyez après
un doigt agile et doux comme le zéphyr, quand il vient
caresser les fleurs, frotter mollement l'aimable avant-
scène du théâtre des plaisirs ; puis voyez-vous ensuite,
saisissant tout à coup d'un bras nerveux ma douce
victime, retournant la médaille, et campant la donzelle
sur ses genoux ployés, enfiler joyeusement, à travers
les secousses les plus vives et les mieux entendues, la
route de l'asile secret du mystère. Quelle volupté de
flatter de la main ces reins souples et cambrés, cette
croupe arrondie et divine, ces fesses émues et palpi-
tantes, que l'amour a sans doute pétries pour son
usage, de sentir leur doux frottement autour de ma
dague animée et brûlante, de provoquer cependant,
d'un doigt rapide et doux, ces amples libations dont

cette adorable et intelligente demoiselle inondait ses cuisses, les miennes, le meuble et mon dard qu'une de ses mains cherchait à contenir avec soin dans le carquois de l'amour, tandis que de l'autre, elle chatouillait avec une douceur, une adresse et une expression au-dessus de tout éloge, ces deux globes toujours charmés de n'être point oubliés par la main du plaisir, auquel ils servent de témoin !... Quelle scène enivrante et délicieuse !... Comme le jeu souple et délié de cette admirable charnière marquait convenablement la pétulance de nos désirs et de ses heureuses sensations ! Qu'il est doux, qu'il est enchanteur, pour une âme ardente et voluptueuse, de souffler ainsi la vie et le plaisir dans des organes aussi parfaits ! J'avais deviné tout cela au premier coup d'œil que j'avais jeté sur cette intéressante fille, et le souvenir des indicibles voluptés dont elle m'enivra, me sera toujours aussi cher que celles-ci furent vives, promptes et rapides. Je me le répéterai souvent ; jamais cette incroyable suivante n'aura d'égale que son inconcevable maîtresse. Il fallait cependant finir cette scène qui se passait à la muette ; il fallait quitter Rosalie et l'appartement, car son extravagance et la mienne pouvaient durement la compromettre. Dès lors tout m'échappa [...] »

*Page 98.*

1. Adjonction : « Et cette femme de chambre si svelte ?... »

*Page 101.*

1. « Je veux m'ajuster un peu. »
2. « à mon valet de chambre ».

*Page 103.*

   1. « mon bavard »

*Page 104.*

   1. « de cette bizarre aventure ».

# Jean-François de Bastide :
## *La Petite Maison*

CHRONOLOGIE

### 1724-1798

**1724.** Naissance en juillet à Marseille de Jean-François de Bastide. Il est fils du lieutenant criminel de la ville et le petit-neveu de l'abbé Pellegrin qui avait abandonné l'Église pour l'opéra.

Jeune encore, il monte à Paris. Il se lie aux auteurs à la mode, Dorat, Voisenon, Crébillon fils.

**1749.** Il publie un roman, *Les Confessions d'un fat*, et un recueil de nouvelles, *Le Tribunal de l'amour, ou les Causes célèbres de Cythère*, l'un et l'autre signés « par M. le chevalier de La B *** ». Dès lors, chaque année voit régulièrement paraître ses œuvres. Il devient « un des polygraphes les plus actifs de la seconde moitié du XVIII$^e$ siècle » (Angus Martin).

**1750.** *Le Désenchantement inespéré*, comédie morale.

**1751.** *Le Tombeau philosophique, ou Histoire du marquis de ** à Mme de ***.

**1752.** *Le Faux oracle et l'Illusion d'un instant*, anecdotes,

*Lettres d'amour du chevalier de* \*\*\* ; *Les Ressources de l'amour.*

1753  *Les Mémoires de Mme la baronne de Saint-Clair ; Les Têtes folles, conte de fées* ; *La Trentaine de Cythère.*

1755. *L'Être pensant. De l'estime de soi-même* dans le *Mercure* d'août.

1756. *Les Mémoires d'un homme à bonnes fortunes,* dans le *Mercure* de janvier, *Dissertation sur les égards qu'une femme doit à un galant qui lui fait une déclaration d'amour* dans celui de février ; *Le Beau Plaisir, conte qui ressemble à la vérité,* dans celui d'avril.

1757. *Les Choses comme on doit les voir.* Début d'une compilation en quinze volumes, *Choix des anciens Mercures.*

1758. Un roman, *Les Aventures de Victoire Ponty,* et début d'un recueil qui va paraître pendant deux ans en huit volumes, *Le Nouveau Spectateur.* Dans le tome second paraît *La Petite Maison.*

1760. *Le Monde comme il est,* suite du *Nouveau Spectateur,* en deux volumes.

1761  *L'Humanité, ou le Tableau de l'indigence, triste drame par un aveugle tartare. L'Homme vrai.* Une édition séparée de *La Petite Maison* circulerait ; Grimm en rend compte sévèrement dans la livraison de février de la *Correspondance littéraire* : « *La Petite Maison* est un conte qu'on a tiré du second volume du *Spectateur* de M. Bastide, et qu'on pouvait se dispenser de réimprimer. L'auteur de ce conte n'a point de talent. Il paraît n'avoir fait sa brochure que pour citer le nom des artistes qui sont le plus employés à la décoration intérieure des maison de Paris. Aussi les deux héros de sa *Petite Maison,* Mélite et Trémicour,

sont précisément les personnages qui intéressent
le moins. »

1763. *Contes* de M. de Bastide : dans le tome second se
trouve une nouvelle version de *La Petite Maison*.
*Les Deux Talents,* comédie en deux actes, mêlée
d'ariettes.

1764. Grimm attaque dans la livraison de décembre
de la *Correspondance littéraire* les imitateurs de
Marmontel : « Le succès des *Contes moraux* de
M. Marmontel a mis ce genre en vogue, et
plusieurs mauvais auteurs ont voulu y réussir
comme lui. Cela nous a déjà valu les *Contes
moraux* de M. de Bastide, et voici maintenant
deux volumes de *Contes philosophiques et moraux,*
par M. de La Dixmerie, qui en a déjà successivement embelli le *Mercure de France.* Quels
philosophes, et quels moralistes que M. de
Bastide et M. de La Dixmerie ! Il faut rendre
justice à la bonté de leur cœur, à la pureté de
leurs intentions, mais leurs contes, froids et
plats, seraient bien capables de rendre la vertu
insipide et méprisable. »

1766. *Le Temple des arts, ou Cabinet de M. Braamcamp,*
poème.

1771. *Le Dépit et le Voyage, poème, suivi des Lettres
vénitiennes,* court roman par lettres.

1772. *Les Gradations de l'amour.*

1773. *Dictionnaire des mœurs.*

1774. *L'Homme frivole et la femme conséquente, conte,* dans
le *Mercure* d'octobre ; *La Présomption, anecdote tirée
de l'histoire,* dans celui de novembre ; *Lettre sur La
Fontaine* dans celui de décembre. *Variétés littéraires, galantes.* Il édite le traité de vulgarisation

de l'architecte Jean-François Blondel, *L'Homme du monde éclairé par les arts.*

1775. Bastide devient un des rédacteurs de la *Bibliothèque universelle des romans,* qui, durant des années, fournit périodiquement aux lecteurs des résumés des romans anciens ou modernes.

1798. Bastide meurt à Milan le 4 juillet

## NOTE SUR LE TEXTE

*La Petite Maison* a paru pour la première fois dans le recueil *Le Nouveau Spectateur* (Amsterdam-Paris, 1758, t. II, p. 361-412). Le conte est republié dans une version remaniée et avec un dénouement opposé dans les *Contes* de M. de Bastide (Paris, 1763), puis en 1784 dans la *Bibliothèque universelle des romans* (avril 1784, t. II, p. 66-102) qui supprime les notes. C'est la version de 1763 qui a été adoptée par le bibliophile Jacob lorsqu'il fait paraître *La Petite Maison* parmi ses « Chefs-d'œuvre inconnus » en 1879, par Angus Martin dans son *Anthologie du conte en France 1750-1799. Philosophes et cœurs sensibles* dans la collection 10/18 en 1981, et plus récemment par Patrick Mauriès aux Éditions du Promeneur avec une « Note de l'éditeur », signée P. M., et en postface un essai de Bruno Pons, « Le Théâtre des cinq sens » (Gallimard, 1993). Nous donnons à notre tour le texte de 1763 avec, en variantes dans l'annotation, celui de la version primitive. Les notes appelées par des lettres sont de l'auteur

## NOTES

*Page 107.*

1. « et avait compté y réussir aisément » (1758). —
Le verbe *engager* est à comprendre au sens du substantif *engagement*, employé dans *Point de lendemain* (p. 53) et
défini par Trévoux : « *Engagement*, dans le sens figuré,
signifie attachement, liaison [...]. Une femme galante
passe successivement d'un engagement à un autre. »

2. « un homme qui doit avoir plus de réussite qu'un
autre auprès des femmes » (1758).

3. « ce caprice » (1758).

4. Sur l'histoire de cette institution mondaine, voir
notre préface (p. 15-16) et la note de Laurent Versini
dans son édition des *Confessions du comte de \*\*\** de
Duclos (Société des Textes français modernes, 1969,
p. 188-191).

*Page 108.*

1. « sur le bord de la Seine » (1758). Dans *Point de
lendemain*, les terrasses du château descendent « jusque
sur les rives de la Seine » (p. 41).

2. *Avant-cour.* Voir *Point de lendemain*, p. 39, n. 1.

3. *Basse-cour* : Le terme qui n'a pas le même sens
qu'aujourd'hui, est défini par l'*Encyclopédie* : « On
appelle ainsi, dans un bâtiment construit à la ville, une

cour séparée de la principale, autour de laquelle sont
élevés des bâtiments destinés aux remises, aux écuries,
ou bien où sont placés les cuisines, offices, communs,
etc. [...] On appelle à la campagne *basse-cour* non
seulement celles qui servent aux mêmes usages dont
nous venons de parler, mais aussi celles destinées au
pressoir, sellier, bûcher, ainsi que celles des bestiaux,
des grains, etc. » Marc-Antoine Laugier remarque :
« Il faut dans les grandes maisons et dans les palais au
moins trois cours, celle qui sert d'entrée et qu'on
nomme par excellence la grande cour, celle des
cuisines et du commun, celles des remises. La grande
cour doit toujours occuper le milieu, et avoir une
étendue proportionnée à la grandeur du bâtiment. Il
faut qu'elle ait plus de profondeur que de largeur,
qu'elle communique d'un côté à la cour des cuisines et
du commun, et de l'autre à celle des écuries et des
remises, et que ces deux dernières cours aient leurs
issues particulières, pour que les fumiers et les autres
saletés ne passent pas sous les yeux du maître »
(*Observations sur l'architecture,* La Haye et Paris, 1765,
p. 198).

4. À l'article « Ménagerie », l'*Encyclopédie*
condamne un tel luxe : « Bâtiment où l'on entretient
pour la curiosité un grand nombre d'animaux différents. Il n'appartient guère qu'aux souverains d'avoir
des ménageries. Il faut détruire les ménageries lorsque
les peuples manquent de pain ; il serait honteux de
nourrir des bêtes à grands frais, lorsqu'on a autour de
soi des hommes qui meurent de faim. »

5. L'écurie double permet, selon Le Camus de
Mézières, de distinguer les chevaux de trait de ceux
que l'on monte.

6. *Percer* appartient au vocabulaire de l'architecture. « On dit qu'un pan de bois, qu'un mur de face est bien percé, lorsque les vides sont bien proportionnés aux solides. On dit qu'un vestibule, qu'un salon est bien percé lorsque la lumière y est répandue suffisamment et également » (Trévoux).

*Page 111.*

1. « [...] une excuse ; et j'oublie que vous paraissez en avoir fait » (1758).

2. « *Palissade,* en termes de jardinage, est une rangée d'arbres plantés à la ligne le long d'une allée ou contre les murs d'un jardin, dont les branches qu'on laisse croître dès le pied font une espèce de haie qu'on tond de temps en temps avec le croissant » (Trévoux).

3. *Commun.* « Dans un hôtel, c'est une ou plusieurs pièces où mangent les officiers [chargés du service de la table] et les domestiques » (Trévoux). Voir le plan p. 211.

*Page 112.*

1. Noël Hallé (1711-1781), peintre et décorateur. Diderot se montre sévère à son égard dans le *Salon de 1759* : « nul esprit, nulle finesse, point de mouvement point d'idée, mais le coloris de Boucher », et plus encore, dans le *Salon de 1761* : « Je laisse là tous ses petits tableaux, ses deux pastorales où il y a la fausseté de Boucher, sans son imagination, sa facilité et son esprit. » Sur Boucher, voir p. 119, n. 4. La Fable : la mythologie.

2. Mathieu Le Carpentier (1709-1773), architecte du prince de Condé, de fermiers généraux comme Gaillard de La Boissière et Bouret, du duc de Choiseul.

3. *Seve* pour Sèvres.

4. « l'objet de ses vœux ardents » (1758).

*Page 113.*

1. Dominique Pineau (1718-1786), sculpteur orne-
maniste, successeur de son père, Nicolas Pineau (1684-
1754), un des maîtres du décor rocaille, qui séjourna à
Pétersbourg (1716-1727).

2. Pierre Bertrand Dandrillon, peintre décorateur,
rendu fameux par ses inventions techniques que
Bastide détaille encore, quelques pages plus loin
(p. 116).

3. On trouve un écho de ce passage dans un des
*Contes moraux* de Marmontel : « Le luxe intérieur du
palais répond à la magnificence des dehors. C'est le
temple des arts et du goût » (La Haye, 1761, t. II,
p. 77).

4. Chez Marmontel, le raffinement du palais suppo-
sait « une imagination brillante, un esprit cultivé, un
goût délicat, et un amant, s'il l'était jamais, tout
occupé du soin de plaire » (t. II, p. 78).

*Page 114.*

1. *Voussure* : « la courbure, la hauteur ou élévation
de la voûte, ce qui forme son cintre » (Trévoux).

2. Jean-Baptiste Pierre (1713-1789), peintre officiel,
surchargé d'honneurs, pour lequel Diderot n'est pas
plus tendre que pour Hallé. « Monsieur Pierre, chevalier de l'ordre du roi, premier peintre de Mgr le duc
d'Orléans et professeur de l'Académie de peinture,
vous ne savez plus ce que vous faites, et vous avez bien
plus de tort qu'un autre [...]. Pierre à son retour
d'Italie exposa quelques morceaux bien dessinés, bien

coloriés, hardis même et de bonne manière [...].
Depuis une douzaine d'années il a toujours été en
dégénérant, et sa morgue s'est accrue à mesure que son
talent s'est perdu » (*Salon de 1763*).

3. « On distingue différentes nuances de bleu : le
bleu blanc, bleu mourant, bleu céleste, bleu turquin
foncé, bleu de Perse entre vert et bleu, bleu d'enfer ou
noirâtre, bleu de forge, bleu artificiel. Il n'y a guère
que les teinturiers qui différencient ainsi leur bleu »
(*Encyclopédie*).

*Page 115.*

1. « Le boudoir, explique Le Camus de Mézières,
est regardé comme le séjour de la volupté ; c'est là
qu'elle semble méditer ses projets, ou se livrer à ses
penchants » (*Le Génie de l'architecture, ou l'Analogie de cet
art avec nos sensations*, Paris, 1780, p. 116).

2. Le Camus de Mézières a recopié toute la description du boudoir de Bastide. Il parle à sa suite de joints
entre les glaces « couverts par des troncs d'arbres
sculptés, massés, feuillés avec art et peints, tels que la
nature les donne », puis d'une lumière graduée au
moyen de gazes plus ou moins tendues (*Le Génie de
l'architecture*, p 119-120).

*Page 116.*

1. Sur Dandrillon, voir p. 113, n. 2. La technique
pour supprimer la mauvaise odeur du vernis participe
de « la révolution olfactive » dont « l'acte décisif s'est
joué à partir du milieu du xviiie siècle », selon Alain
Corbin (*Le Miasme et la Jonquille. L'Odorat et l'imaginaire
social. xviiie-xixe siècles*, 1982). Aux mauvaises odeurs
s'oppose désormais « l'effet bénéfique des fleurs prin-
tanières », ici la violette, le jasmin et la rose.

*Page 118.*

1. Il s'agit d'Alexis Peyrotte (1699-1769), dessinateur du Garde-Meuble de la Couronne, décorateur du
château de Choisy, collaborateur de Boucher.

2. Claude Gillot (1673-1722), peintre et dessinateur, décorateur à l'Opéra. Claude Audran (1658-
1734), héritier et rival de Jean Berain.

*Page 119.*

1. Philippe Caffieri (1714-1774), ciseleur qui prit la
succession de son père Jacques Caffieri (1678-1755)
dont le chef-d'œuvre est l'horloge astronomique dans
le Cabinet de la pendule à Versailles.

2. « On appelle aussi *pagodes* de petites figures,
ordinairement de porcelaine, et qui souvent ont la tête
mobile » (Trévoux).

3. Christophe Huet, peintre et décorateur mort en
1759.

4. François Boucher (1703-1770), peintre à succès,
protégé par Mme de Pompadour. Le jugement qu'il
inspire à Diderot est double : « Personne n'entend
comme Boucher l'art de la lumière et des ombres. Il est
fait pour tourner la tête à deux sortes de gens ; son
élégance, sa mignardise, sa galanterie romanesque, sa
coquetterie, son goût, sa facilité, sa variété, son éclat,
ses carnations fardées, sa débauche doivent captiver
les petits-maîtres, les petites femmes, les jeunes gens,
les gens du monde, la foule de ceux qui sont étrangers
au vrai goût, à la vérité, aux idées justes, à la sévérité
de l'art ; comment résisteraient-ils au saillant, au
libertinage, à l'éclat, aux pompons, aux tétons, aux
fesses, à l'épigramme de Boucher. Les artistes qui
voient jusqu'où cet homme a surmonté les difficultés

de la peinture et pour qui c'est tout que ce mérite qui
n'est guère bien connu que d'eux, fléchissent le genou
devant lui. C'est leur dieu. Les autres n'en font nul
cas » (*Salon de 1761*).

5. François Thomas Germain (1726-1791), orfèvre
et ciseleur, successeur de son père, Thomas Germain,
fournisseur des tables princières et royales.

6. Christine Velut signale qu'au XVIIIe siècle, les
fleurs fraîches, absentes des couloirs et des appartements d'apparat, « sont fréquentes dans les lieux plus
réduits et intimes, ceux où on reçoit une société
choisie », elles « agrémentent les chambres à coucher,
les salons de compagnie, les salons de jeu, les boudoirs
et la pièce consacrée à la toilette » (*La Rose et l'Orchidée*,
1993, p. 86).

7. *Aventurine*. « On entend ordinairement par ce mot
une composition de verre de couleur jaunâtre ou
roussâtre, parsemée de points brillants de couleur d'or.
Si l'on veut trouver une pierre naturelle qui ressemble
à cette composition, et que l'on puisse nommer
aventurine naturelle, c'est parmi les pierres cha-
toyantes qu'il faut la chercher ; il y en a une espèce
dont la couleur est approchante de celle de l'aventurine factice, et qui est aussi parsemée de points
chatoyants et très brillants » (*Encyclopédie*).

8. *Martin*. Ce sont en fait deux frères qui mirent au
point le vernis auquel ils donnèrent leur nom. Ils
décorèrent des intérieurs aussi bien que des voitures.
Ils incarnent le luxe du temps. Dans *Margot la
ravaudeuse* (1750), Fougeret de Monbron stigmatise le
train de vie des grandes courtisanes : « Telle que l'on
voit aujourd'hui triomphante dans un équipage doré,
orné des plus charmantes peintures et verni par

Martin, telle, dis-je, qui traînant partout avec elle un luxe révoltant, affiche insolemment le goût pervers et crapuleux de son bienfaiteur, qui croirait qu'elle fut autrefois le rebut des laquais ? »

9. Jean-Jacques Bachelier (1724-1806), peintre de fleurs et d'animaux, tenté ensuite par la peinture d'histoire, nouvelle victime de Diderot : « Cet homme a de l'esprit ; et avec cela il ne fera jamais rien qui vaille. Il y a dans sa tête des liens qui garrottent son imagination et elle ne s'en affranchira jamais, quelque secousse qu'elle se donne (*Salon de 1761*). Nicolas Desportes (1718-1787), neveu d'Alexandre-François Desportes, et Jacques-Charles Oudry (1720-1778), fils de Jean-Baptiste Oudry, sont deux autres peintres mondains, spécialistes des scènes de chasse et des natures mortes de gibier.

*Page 121.*

1. Le jargon contribue à définir le petit-maître. On se souvient que Versac, qui initie le narrateur dans *Les Égarements du cœur et de l'esprit,* « s'était fait un jargon extraordinaire » et que les mondains d'*Angola,* le roman de La Morlière, tirent fierté de leur « aisance dans le jargon ».

2. On parle encore de « train de vie ». Mais la langue du xviiie siècle ajoute une nuance : « On appelle figurément et familièrement *train, mauvais train* des gens de mauvaise vie. Il loge du train, du mauvais train » (Trévoux).

*Page 122.*

1. Cette soupape « qui obstrue la lunette pour éviter le refoulement des odeurs » est alors une invention

récente, c'est une des mécaniques du confort qui caractérisent la nouvelle hygiène. Elle est complétée par la circulation d'eau qui permet de nettoyer la cuvette. La chaise percée qu'on pouvait déplacer d'une pièce à l'autre est remplacée par un lieu fixe et clos, consacré à cet usage (Georges Vigarello, *Le Propre et le Sale. L'Hygiène du corps depuis le Moyen Âge*, Éd. du Seuil, 1985, p. 123). Voir aussi Roger-Henri Guerrand, *Les Lieux, histoire des commodités*, La Découverte, 1985. Le Camus de Mézières ne manque pas de décrire ce luxe nouveau : « Les cuvettes sont des auges de marbre, où se reçoit la matière qui est bientôt chassée lorsqu'on a levé la bonde portant soupape, et qu'on a tourné le robinet qui donne de l'eau en abondance » (*Le Génie de l'architecture*, p. 133-134).

2. *Dégager* est un terme d'architecture qui signifie « faciliter les dégagements d'un appartement, en leur donnant une autre issue que la principale, par des corridors, par des escaliers dérobés » (Trévoux). Le verbe est repris plus loin p. 127.

3. Pierre Robert Tremblin ou Tramblin, directeur des ouvrages de la Chine aux Gobelins et décorateur de l'Opéra.

4. *Terrine.* « Sorte de vaisseau de terre, plat par en bas, qui n'a ni pied ni anses, et qui va toujours en s'élargissant par en haut » (Trévoux). Nous dirions pot de terre.

*Page 123.*

1. *Dispassé.* Le mot ne paraît pas lexicalisé. La *Bibliothèque universelle des romans* de 1784 corrige en « disposé ».

2. « *Transparent* est aussi un terme de décoration.

Les transparents sont faits de gaze, de toiles fines, derrière lesquelles on met des lumières qui font paraître l'objet tout de feu, nageant dans le feu » (Trévoux).

3. Écho chez Marmontel : « À ce spectacle il lui échappa un cri de surprise et d'admiration » (*Contes moraux*, La Haye, 1761, t. II, p. 80).

4. *Issé* est une pastorale héroïque de Destouches sur des paroles d'Houdar de La Motte, représentée à Trianon en 1697 pour les noces du duc de Bourgogne.

5. « *Boulingrin,* en jardinage, est une espèce de parterre de pièces de gazon découpées, avec bordures en glacis et arbres verts à ses encoignures et autres endroits. On en tond quatre fois l'année le gazon pour le rendre plus velouté. L'invention de ce parterre est venu d'Angleterre, aussi bien que son nom qui a été fait de *boule* qui signifie rond, et de *green,* vert pré ou gazon. Il y a des boulingrins simples ; il y en a de composés. Les simples sont tout de gazon, sans aucun autre ornement. Les composés sont coupés en compartiments de gazon, mêlés de broderie, avec des sentiers, des plates-bandes, des ifs et arbrisseaux de fleurs. Les sables de différentes couleurs ne contribuent pas peu à les faire valoir » (*Encyclopédie*).

*Page 127.*

1. Voir p. 119, n. 6.

*Page 128.*

1. Le terme est important dans l'esthétique et l'érotique du temps. Mme de Lursay fait entrevoir au narrateur des *Égarements du cœur et de l'esprit* « de quelle nécessité étaient les gradations » (Folio, p. 147).

Bastide, qui a intitulé un de ses récits *Les Gradations de l'amour* (1772), lui consacre un article de son *Dictionnaire des mœurs* (La Haye-Paris, 1773) : « Méthode nécessaire pour prévenir l'envie, et pour perfectionner l'amour. En arrivant par degrés jusqu'au trône de la fortune et au terme des plaisirs, on se prépare une possession plus tranquille et une jouissance plus douce : c'est la science du cœur et de l'esprit. » Un autre dictionnaire du temps note : « *Gradations.* Le bonheur en amour consiste à les observer toutes » (Sylvain Maréchal, *Dictionnaire d'amour*, Gnide et Paris, 1788).

*Page 130.*

1. Deux ans auparavant, le mécanicien Guérin venait d'installer une table volante semblable pour le roi au château de Choisy. Dans *Les Sacrifices de l'amour* de Dorat, un séducteur utilise une machinerie similaire : « Après ce prélude, le souper sort de dessous le parquet, sur une table de bois de violette, éclairée par des girandoles [...]. Jamais souper ne fut plus délicat, ni plus irritant » (t. I, p. 105).

2. Antonio Clerici, décorateur fameux pour ses stucs ou « marbres factices » selon la formule de l'*Encyclopédie* : « La dureté qu'on sait lui donner, les différentes couleurs que l'on y mêle, et le poli dont il est susceptible, le rendent propre à représenter presque au naturel les marbres les plus précieux. » — Le château de Saint-Hubert a été construit en 1755 par Gabriel pour servir de rendez-vous de chasse à Louis XV au bord des étangs de Hollande. Il a été détruit à la Révolution.

3. Étienne Maurice Falconet (1716-1791), sculpteur

qui s'imposa comme un des plus grands de sa génération et partit pour Pétersbourg à l'invitation de
Catherine II. C'est un des rares artistes cités par
Bastide, qui soit applaudi par Diderot dont il était
l'ami. Devant son *Pygmalion et Galatée,* exposé en 1763,
le critique s'exclame : « Ô la chose précieuse que ce
petit groupe de Falconet ! Voilà le morceau que
j'aurais dans mon cabinet si je me piquais d'avoir un
cabinet [...]. Ô Falconet, comment as-tu fait pour
mettre dans un morceau de pierre blanche la surprise,
la joie et l'amour fondus ensemble ? Émule des dieux,
s'ils ont animé la statue, tu en as renouvelé le miracle
en animant le statuaire. »

4. Louis-Claude Vassé (1716-1772) est un des
grands sculpteurs du temps. *La Femme couchée sur un
socle,* pleurant sur une urne funéraire, exposée en 1763,
est admirée par Diderot qui déclare que c'est « une
belle chose ».

5. On trouvait déjà des chiffres et des trophées dans
le cabinet de la Renaissance, ces trophées prennent un
visage bien plus aimable à la fin du XVIIIe siècle qu'au
siècle précédent : « Les instruments de musique, les
attributs des sciences, des arts ou de l'amour, les
allégories pastorales ou galantes concurrencent effica-
cement l'appareil guerrier » (Christine Velut, *La Rose
et l'Orchidée,* p. 143-144).

6. Torchères.

*Page 131.*

1. Ces cinq vers se trouvent dans la bouche de
Renaud, le chevalier tombé amoureux de la magi-
cienne Armide qui lui répond : « La sévère raison et le
devoir barbare/Sur les héros n'ont que trop de

pouvoir » (*Armide,* acte V, sc. première). Lulli a composé cette tragédie en musique sur des paroles de Quinault, en 1686. L'argument est tiré de *La Jérusalem délivrée* du Tasse. On connaît plusieurs paroles de l'opéra qui est fréquemment repris au XVIIIe siècle.

*Page 134.*

1. *Gourgouran.* « Étoffe de soie qui n'est point moulinée, mais telle qu'elle se dévide de dessus les cocons, faite en façon de gros de Tours. Elle vient des Indes » (Trévoux).

2. Charles Nicolas Cochin (1715-1790), graveur et illustrateur, il est l'auteur du frontispice de l'*Encyclopédie.* — Sébastien Leclerc (1637-1714) et Stefano della Bella, dit Étienne de La Belle (1610-1664), sont des continuateurs de Callot.

3. Jacques Philippe Lebas (1707-1783), graveur d'œuvres hollandaises, en particulier Teniers, mais aussi des *Ports de France* de Vernet.

4. Laurent Cars (1699-1771) grava des œuvres de Greuze, Watteau, Boucher.

5. Le dictionnaire de Trévoux de 1771 ne connaît que la *duchesse,* « espèce de lit de repos qui a un dossier comme un fauteuil, et sur lequel se mettent les dames incommodées, ou qui relèvent de maladie », et la *bergère,* « espèce de long fauteuil », qui apparaît quelques lignes plus bas. Le *Trésor de la langue française* indique qu'*ottomane* apparaît dès 1729 dans l'inventaire des meubles de la Couronne, mais date *sultane* seulement de la fin du XVIIIe siècle. C'est sur une duchesse que la Fée Lumineuse reçoit le héros dans *Angola* de La Morlière et sur une ottomane que Merteuil et Valmont ont scellé leur ancienne rupture (*les Liaisons dangereuses,*

lettre X). La description générale du boudoir rappelle celle de La Morlière : « beaucoup de glaces, des peintures tendres et sensuelles, une *duchesse*, des *bergères*, des chaises longues semblaient tacitement désigner l'usage auquel elles étaient destinées » (*Angola*, Desjonquères, 1991, p. 91).

*Page 135.*

1. À partir de cette réplique, la première version proposait un dénouement radicalement différent :

« Ces mots furent prononcés d'un ton ferme. Trémicour vit qu'il fallait obéir, et il obéit. " Oui, je vous mériterai, lui dit-il en se relevant, vous verrez ma douleur, et ce sera vous désormais, qui mettrez des bornes à mon obéissance. "

» Ce qu'ils se dirent encore, se devine, et serait superflu. Trémicour ramena Mélite chez elle. Pendant la route il ne lui échappa aucun mouvement qui pût gêner la sincérité de Mélite. Elle lui avoua ses sentiments ; l'aveu fut répété, et cent fois garanti par des soupirs, par des questions, par de doux frémissements. Trémicour, en la quittant, était si enchanté, qu'il ne songeait plus qu'elle eût autre chose à lui accorder. Il se retira chez lui, se coucha promptement, et passa la plus heureuse nuit du monde. À son réveil, on lui présenta une lettre. Il la lut ; voici ce qu'elle contenait.

» *Me pardonnerez-vous, Monsieur, de vous ravir le bien que je vous ai donné ? Je sens que je n'ai pas le droit de le reprendre. Vous le méritiez quand vous le reçûtes, et mes réflexions ne sont pas des autorités contre vous. Cependant ces réflexions décident, quoiqu'elles m'accablent. Je ne pense pas que ma résolution puisse vous rendre malheureux, je voudrais cependant n'avoir*

*pas à le craindre, et le parti que je prends, me laisse ce regret
dont vous êtes digne.*

» Trémicour resta, pendant quelques moments,
accablé de cette lettre ; il revint pourtant, et se fit
conduire chez elle. Mais il ne la trouva plus ; elle était
partie pour la campagne. Cette nouvelle redoubla son
ardeur ; il vola sur ses traces, et il ne put parvenir à la
voir, ni à lui parler. Il prit son parti en homme qui
n'est pas fait pour escalader des murs, ou veiller à des
portes ; il vit d'ailleurs que c'était un changement sans
caprice, et il voulut jouir du plaisir d'avoir respecté la
vertu. Il écrivit la lettre qui suit, et partit après l'avoir
remise à un domestique.

» *J'obéis, Madame, à des ordres qui doivent m'être sacrés.
Ma docilité va assurer votre bonheur ! je n'examine pas si elle
me coûte le mien. Soyez tranquille sur mon amour : il eût été
ardent dans le plaisir ; il sera modéré dans la peine ; il se taira
du moins, et vous ne saurez pas que vous avez fait une victime.*

» Cette histoire est singulière, je l'avoue ; mais
j'oserai dire néanmoins qu'elle ne paraîtra suspecte de
fiction qu'à ceux qui veulent croire qu'il n'y a point de
femme vertueuse. Parmi ces juges mal instruits et plus
mal intentionnés, on en compte beaucoup à qui
personne ne doit faire l'honneur de répondre, on en
distingue quelques autres à qui on peut répondre,
quoiqu'ils aient eu bien peu de disposition à reconnaî-
tre des juges. Si je me chargeais de cette commission, je
leur dirais : Vous avez vécu dans la mauvaise compagnie, allons ensemble dans la bonne... — Nous y allons
tous les jours, me répondraient-ils. — Oui, poursui-
vrais-je, vous y allez ; mais vous n'avez jamais considéré que cette partie légère et volatile qui s'échappe de
la mauvaise, par ambition ou par ennui. Il faut tout

examiner, tout approfondir, et quand vous aurez daigné prendre cette peine, vous rougirez du succès qu'ont eu vos épigrammes jolies et indécentes » (1758). La *Bibliothèque universelle des romans* en 1784 propose un texte légèrement différent de la version de 1763 : « " Si j'insistais !... Ah ! Mélite... — Eh bien ! Monsieur... Trémicour. — Cruelle, vous m'allez voir mourir à vos pieds. " La menace était terrible, et la situation plus encore. Mélite frémit, se troubla, et il ne mourut point. »

## Plan de la petite maison
### d'après Bastide

JARDIN

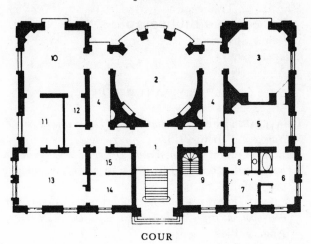

COUR

1 Vestibule
2 Salon
3 Chambre à coucher
4 Corridor
5 Boudoir
6 Appartement de bains
7 Cabinet de toilette
8 Cabinet d'aisance

9 Garderobe
10 Cabinet de jeu
11 Cabinet
12 Buffet
13 Salle à manger
14 Boudoir
15 Garderobe

Nous reproduisons ce plan d'après Mme Lydia Vasquez,
que nous remercions de son autorisation.

# Bibliographie

## SUR VIVANT DENON

CHATELAIN (Jean), *Dominique Vivant Denon et le Louvre de Napoléon*, Perrin, 1973.

GHALI (Ibrahim Amin), *Vivant Denon ou la Conquête du bonheur*, Le Caire, Institut français d'archéologie orientale, 1986.

LELIÈVRE (Pierre), *Vivant Denon, directeur des Beaux-Arts de Napoléon. Essai sur la politique artistique de l'Empire*, Angers, 1942.

– *Vivant Denon, homme des Lumières, « ministre des arts » de Napoléon*, Picard, 1993.

NOWINSKI (Judith), *Baron Vivant Denon 1747-1825, hedonist and scholar in a period of transition*, Rutherford (New Jersey), 1970.

TOSO RODINIS (Giuliana), *Dominique Vivant Denon. I Fiordalisi, il Berretto Frigio, la Sfinge*, Florence, Leo S. Olschki, 1977.

SUR *POINT DE LENDEMAIN*

DÉMORIS (René), préface à *Point de lendemain*, Desjonquères, 1987.

FONTANA (Eva), « Un esempio estremo di *conte* libertino : *Point de lendemain* », *Saggi e ricerche di letteratura francese*, IX, 1968.

FREE (L. R.), « Point of view and Narrative in Denon's *Point de lendemain* », *Studies on Voltaire*, 163, 1986.

HOUPPERMANS (S.), « La description dans *Point de lendemain* », *Description-Écriture-Peinture*, éd. par Y. Went-Daoust, Groningen, 1987.

LUNA (Marie-Françoise), « Les effets d'ambiguïté dans *Point de lendemain* de Denon », *Recherches et travaux*, Bulletin de l'UER de Lettres, Université de Grenoble, XII, 1976.

SCARAFFIA (G.), « Notturno. Saggio su *Point de lendemain* », *Scritti in onore di G. Macchia*, Milan, 1983.

WALD LASOWSKI (Roman), « D'un désir l'Autre », *Revue des sciences humaines*, 1981, 2, n° 182.

WELLS (B. R.), « Objet/volupté : Vivant Denon's *Point de lendemain* », *Romance notes*, 29, 1989.

ŒUVRES DE VIVANT DENON
DISPONIBLES EN DEHORS DE
*POINT DE LENDEMAIN*

*Voyage en Sicile*, Le Promeneur, 1993.

*Voyage dans la Basse et la Haute Égypte pendant les campagnes du général Bonaparte*, Pygmalion, 1990.

*Voyage historique et pittoresque dans le Royaume des Deux-Siciles* et *Voyage dans la Basse et la Haute Égypte pendant les campagnes du général Bonaparte* (extraits), à la suite de *Point de lendemain*, L'École des lettres, Seuil, 1993.

*La Commedia degli intrighi e degli amori. Le piu belle Lettere da Napoli di Dominique Vivant Denon (1782-1785)*, éd. Giuliana Toso Rodinis, Florence, Leo S. Olschki, 1977.

*Lettere inedite a Isabella Teotochi Albrizzi*, Padoue, 1979.

SUR *LA PETITE MAISON*

MARTIN (Angus), « Élégance et libertinage », introduction à *La Petite Maison, Anthologie du conte en France 1750-1799. Philosophes et cœurs sensibles*, UGE-10/18, 1981.

PONS (Bruno), « Le Théâtre des cinq sens », postface à *La Petite Maison*, Le Promeneur, 1993.

SAISSELIN (Remy G.), « Architecture and Language :

the Sensationalism of Le Camus de Mézières », *The British Journal of Æsthetics*, XV, 3, Summer 1975.
— « The Space of Seduction in the Eighteenth-Century French Novel and Architecture », *Studies on Voltaire*, 319, 1994.
VASQUEZ (Lydia), « *La Petite Maison* ou l'art de séduire raisonnablement », *Narrativa francesa en el secolo XVIII*, Madrid, Universidad nacional de educación a distancia, 1988.


SUR LE ROMAN LIBERTIN


CAZENOBE (Colette), *Le Système du libertinage de Crébillon à Laclos, Studies on Voltaire*, 282, Oxford, 1991.
CERRUTI (Giorgio), « Elisi libertini : l'amore in giardino nel romanzo mondano del secondo settecento », *Studi di storia della civiltà letteraria francese. Mélanges offerts à Lionello Sozzi*, Moncalieri, C.E.R.V.I., 1995.
COULET (Henri), *Le Roman jusqu'à la Révolution*, Colin, 1967.
GOODDEN (Angelica), *The Complete Lover. Eros, Nature and Artifice in the Eighteenth-Century Novel*, Oxford, Clarendon Press, 1989.
GOULEMOT (Jean Marie), *Ces livres qu'on ne lit que d'une main. Lecture et lecteurs de livres pornographiques au XVIIIᵉ siècle*, Alinea, 1991.
LAFON (Henri), *Les Décors et les choses dans le roman français du dix-huitième siècle de Prévost à Sade, Studies on Voltaire*, 297, Oxford, 1992.
LAROCH (Philippe), *Petits-maîtres et roués. Évolution de la*

*notion de libertinage dans le roman français du XVIIIe siècle*, Québec, Presses de l'Université Laval, 1979.

MICHEL (Ludovic), *La Mort du libertin. Agonie d'une identité romanesque*, Larousse-Sélection du Reader's Digest, 1993, coll. « Découvrir ».

NAGY (Peter), *Libertinage et Révolution*, Gallimard, 1975, coll. « Idées ».

STEWART (Philip), *Engraven Desire. Eros. Image and Text in the French Eighteenth Century*, Durham-Londres, Duke University Press, 1992.

TROUSSON (Raymond), préface aux *Romans libertins du XVIIIe siècle*, coll. « Bouquins », Robert Laffont, 1993.

VERSINI (Laurent), *Laclos et la tradition. Essai sur les sources et la technique des « Liaisons dangereuses »*, Klincksieck, 1968.

WALD LASOWSKI (Patrick), *Libertines*, Gallimard, 1980, coll. « Les Essais ».

## LE DÉCOR ET L'ART DE VIVRE

CAPON (Gaston), *Les Petites Maisons galantes de Paris au XVIIIe siècle*, Daragon, 1902.

CLOUZOT (Henri), *Les Meubles du XVIIIe siècle*, Morancé, 1922.

CORBIN (Alain), *Le Miasme et la Jonquille. L'Odorat et l'imaginaire social. XVIIIe-XIX[e] siècle*, Aubier, 1982.

HERVÉ-PIRAUX (F.-R.), *Histoire des petites maisons galantes*, Daragon, 1910-1912, 3 vol. (I. *Les Temples d'amour au XVIIIe siècle*, II. *Les Folies d'amour au XVIIIe siècle*, III. *Les Logis d'amour au XVIIIe siècle*).

OULMONT (Charles), *La Vie au XVIII<sup>e</sup> siècle. La Maison*, Seheur, 1929.

– *La Maison au XVIII<sup>e</sup> siècle*, Istra, 1970.

RENARD (Jean-Claude) et Zabaleta (François), *Le Mobilier amoureux, ou la volupté de l'accessoire*, Chimères, 1991, coll. « Le Musée égoïste ».

SAUDAN (Michel) et SAUDAN-SKIRA (Sylvia), *De folie en folies*, Bibliothèque des arts, 1987.

VELUT (Christine), *La Rose et l'Orchidée. Les Usages sociaux et symboliques des fleurs à Paris au XVIII<sup>e</sup> siècle*, Larousse-Sélection du Reader's Digest, 1993, coll. « Découvrir ».

*Composition et impression CPI Bussière*
*à Saint-Amand (Cher), le 30 novembre 2011.*
*Dépôt légal : novembre 2011.*
*1ᵉʳ dépôt légal dans la collection : février 1995.*
*Numéro d'imprimeur : 114168/1.*
ISBN 978-2-07-039318-3./Imprimé en France.